STEFAN ROGALL | Verliebt, verschneit, verzaubert

D1396125

Stefan Rogall über die Entstehung seines Romans
»Verliebt, verschneit, verzaubert«:

Es war der erste Advent, und ich saß im Zug. Die Strecke Köln-Berlin, an einem Tag hin und zurück, ungefähr neun Stunden. Viel Zeit zum Nachdenken. Genau richtig, wenn man eine Geschichte schreiben will. Aber wie fängt man an? Für mich beginnt es immer mit einem Bild. Etwas, das ich sehe, löst in meinem Kopf weitere Bilder aus, und irgendwie fügen die sich zusammen. Auf dieser langen Zugfahrt sah ich eine junge Frau und einen Mann, die hintereinander durch das Abteil gingen. Und während er von der Fliehkraft hin und her geschleudert wurde, ging sie traumsicher geradeaus. Er schien voller Sorgen, sie voller Leichtigkeit. Zwei Gegensätze, die meiner Ansicht nach wunderbar zur Weihnachtszeit passen. Zu keiner Zeit prallen schließlich so viele Hoffnungen und Enttäuschungen aufeinander, so viel Nostalgie und Zynismus – ein perfektes Spannungsfeld für eine Komödie. Meine Hauptfigur Ben pendelt kräftig zwischen diesen Polen hin und her. Einerseits zweifelt er an dem Zauber, der von Weihnachten ausgeht. Andererseits hofft er, dass dieser Zauber wieder in sein Leben zurückkehrt – was auch passieren wird, allerdings anders, als Ben es erwartet ...

Über den Autor:
Stefan Rogall, Jahrgang 1969, schreibt seit zehn Jahren erfolgreich Drehbücher für Komödien und Kriminalfilme. Für *Polizeiruf 110: Kleine Frau* hat er den Adolf-Grimme-Preis erhalten. *Verliebt, verschneit, verzaubert* ist sein erster Roman.

STEFAN ROGALL

Verliebt, verschneit, verzaubert

Roman

Diana Verlag

FSC

Mix
Produktgruppe aus vorbildlich
bewirtschafteten Wäldern und
anderen kontrollierten Herkünften

Zert.-Nr. SGS-COC-001940
www.fsc.org
© 1996 Forest Stewardship Council

Verlagsgruppe Random House FSC-DEU-0100
Das für dieses Buch verwendete
FSC-zertifizierte Papier *Holmen Book Cream*
liefert Holmen Paper, Hallstavik, Schweden.

Originalausgabe 11/2010
Copyright © 2010 by Diana Verlag, München,
in der Verlagsgruppe Random House GmbH
Redaktion | Diethild Bansleben
Herstellung | Helga Schörnig
Umschlagillustration | © Anne Bryant/Corbis
Umschlaggestaltung | t. mutzenbach design, München
Satz | Leingärtner, Nabburg
Druck und Bindung | GGP Media GmbH, Pößneck
Printed in Germany 2010
978-3-453-35564-4

www.diana-verlag.de

23. Dezember

»Und – schon in Stimmung?«

Ben hoffte inständig, dass seine Chefin die Weihnachtszeit meinte. Was angesichts ihres Hangs zu Zweideutigkeiten und ihrer wie immer einen Knopf zu weit aufgeknöpften Bluse nicht unbedingt klar war.

Zwei Sätze später gab es jedoch keinen Zweifel mehr: Ja, Bens Chefin hatte das bevorstehende Weihnachtsfest gemeint, und ihre Ankündigung, die Urlaubstage »zwischen den Jahren« zu streichen, hatte nun alles versaut. Bens letzter Urlaub lag anderthalb Jahre zurück, und seine Wochenenden bestanden im Wesentlichen aus liegen gebliebener Arbeit, um am folgenden Montag nicht gleich wieder eine Aufholjagd starten zu müssen. Dazu all die privaten Querelen der letzten Jahre … Ben hatte auf die herannahende Weihnachtszeit nicht nur hingearbeitet, er hatte ihr verzweifelt entgegengefiebert. Ohne jene Tage, die zwischen Weihnachten und Neujahr lagen wie eine Insel, die die Zeit vergessen hatte, würde er entweder einen ohrenbetäubenden Schreikrampf erleiden oder seinen Schreibtisch umdrehen und darauf nackt das Treppenhaus hinunterrodeln. Natürlich erlaubte Ben sich beides nicht.

Stattdessen hörte er sich geduldig die vermutlich sogar ernst gemeinten Entschuldigungen seiner Chefin an, mit denen sie zu rechtfertigen versuchte, warum er und seine Kollegen sofort nach den Feiertagen an ihren Arbeitsplatz zurückkehren mussten. Es waren schließlich harte Zeiten. Und jeder konnte froh sein, überhaupt einen Job zu haben. Dass sie selbst einen Kunden an Land gezogen hatte, der die Agentur vor dem sicheren Konkurs retten würde (wenigstens für ein paar weitere Monate), grenzte an ein Wunder. Ein *Weihnachtswunder*, wie sie hinzufügte und dabei die Winkel ihres blutrot geschminkten Mundes in die Höhe zog. Natürlich verdankte man dieses Wunder nicht nur ihrem überragenden Intellekt, sondern vor allem auch ihrem unnachahmlichen Charme. Warum Bens Chefin diesen Charme erst jetzt, nach dem ernüchternden letzten Besuch des Steuerberaters, hatte spielen lassen, durfte allerdings niemand zum Thema machen. Ebenso wenig die Tatsache, dass sie den rettenden Überraschungskunden nur durch das Versprechen preiswerter (also schamlos unterbezahlter) und schneller (unter diesem Zeitdruck nicht zu bewältigender) Arbeit geködert hatte, und zwar nach einer durchzechten Nacht, an deren Ende sie mit rasenden Kopfschmerzen und ohne Unterwäsche neben dem selig schnarchenden Kunden aufgewacht war und es nicht hatte erwarten können, unter die Dusche zu kommen.

Als wäre das alles nicht schon schlimm genug, hatte Ben auch noch versprochen, über die Feiertage seine Eltern zu besuchen. Und zwar mit dem Zug. Laut Wettervorhersage waren weiterhin Eisregen und Glatteis angesagt, und Ben hatte erst vor ein paar Tagen die Kontrolle über seinen Wagen verloren. Seine Höllenfahrt war nur durch eine Reihe parkender Nachbarautos gestoppt worden.

Als Ben endlich am Bahnhof stand, bereute er seine Entscheidung bereits: Der Zug hatte Verspätung und hielt natürlich nicht im angegebenen Gleisabschnitt. Immerhin hatte Ben einen Platz reserviert, doch der Weg dorthin war ein einziger Hürdenlauf. Dabei benutzte Ben sein Gepäck als Bollwerk gegen Mitreisende, die noch schnell vor ihm ins nächste Abteil huschen wollten und dabei schamlos auf seinen Füßen herumtrampelten, wenn sie nicht im ohnehin verstopften Mittelgang umständlich nach ihrem Platz suchten oder andere Reisende von ihren Plätzen verscheuchen mussten.

Erstaunlicherweise war nicht nur Bens Sitz frei, sondern auch der daneben. Schnell lud er sein Gepäck darauf ab und erklärte einem Mitreisenden, dass seine Begleiterin gleich von der Toilette zurückkommen würde. Das Letzte, was er jetzt noch gebrauchen konnte, war ein neugieriger, gesprächiger oder gar schnarchender Nachbar.

Ben zog seinen Mantel aus, verstaute ihn auf der Gepäckablage und ließ sich endlich auf seinem Sitz nieder, dessen Kopflehne nach verschüttetem Kaffee roch. Für die folgenden zwei Stunden hatte Ben nur ein einziges Ziel: die Augen zu schließen und seine Umwelt auszublenden. Seit seiner Kindheit fiel es ihm schwer, in Autos, Zügen oder Flugzeugen mehr als oberflächlich einzudösen. Theresa hatte immer behauptet, das würde mit seiner Angst vor Kontrollverlust zusammenhängen. Ben schob sein Einschlafproblem lieber auf den thrombosefördernden Abstand zum Vordersitz, der Platzangst in ihm auslöste.

Heute war Ben eigentlich erschöpft genug, um einzuschlafen. Doch vor seinem inneren Auge erschien immer wieder das verzweifelt falsche Zuversicht ausstrahlende Gesicht seiner Chefin. Bevor er an diesem Nachmittag die Agentur verlassen hatte, war er noch einmal in ihr Büro marschiert, um sie davon zu überzeugen, wie nötig er die wenigen Tage zwischen Weihnachten und Neujahr brauchte. Die Geschwindigkeit, mit der sie von freundlicher Gelassenheit auf wütende Geringschätzung umgeschaltet hatte, war beängstigend gewesen.

In den letzten Monaten hatte Ben öfter beobachtet, wie ihre Augen sich mit Tränen gefüllt hatten, die sie nur mit äußerster Konzentration hatte wegblinzeln können, um dann hastig ein Lächeln aufzusetzen, das Souveränität vermitteln sollte. Anscheinend hing nicht nur Bens Job an einem seidenen Faden. Doch für seine Chefin, eine Endvierzigerin, würde das Ende ihrer Agentur den Anfang eines unaufhaltsamen Abstiegs einläuten.

Ben hatte allerdings auch nicht viel, auf das er sich freuen konnte. Schon seit Monaten studierte er Stellenanzeigen, schickte Bewerbungen los und ging zu Vorstellungsgesprächen – alles ohne Erfolg. Obwohl gerade mal 36 Jahre alt, schien Ben bereits der angsteinflößende Geruch vertaner Chancen zu umgeben. Zu lange, so sagte man ihm, sei er in einer Agentur geblieben, die ihre besten Tage nie gesehen hatte. Zu selten habe er sich einen Namen gemacht. Außerdem gäbe es inzwischen weitaus jüngere, flexiblere Kandidaten.

So war Ben jeden weiteren Montag mit noch weniger Mut zur Arbeit erschienen und hatte versucht, es sich in seiner Hoffnung gemütlich zu machen, dass wenigstens alles so bleiben würde wie bisher. Genau diese Hoffnung aber war an diesem Nachmittag des 23. Dezember im Büro seiner Chefin zerstört worden. Wenn das keine Weihnachtsstimmung aufkommen ließ.

»Sie sitzen auf meinem Platz.«

Ben öffnete seine Augen. Die junge Frau, die vor ihm stand, grinste ihn so erfreut an, als hätte er ihr soeben einen riesigen Gefallen getan. Schon im nächsten Moment ergriff sie seine Taschen und Tüten, verstaute sie zusammen mit ihrem Rucksack auf der Hutablage und ließ sich auf den Sitz neben ihm fallen.

Ben musterte sie unbehaglich, doch er war zu erledigt, um sich in ein belangloses Gespräch verwickeln zu lassen. Erschöpft schloss er die Augen.

»Und – schon in Stimmung?«

Ben riss die Augen wieder auf.

Die junge Frau lächelte ihn an. Sie konnte unmöglich gewusst haben, dass genau diese Frage seine heutige Depression eingeläutet hatte.

»Wir kennen uns, oder?«, fragte sie mit zur Seite geneigtem Kopf und grübelndem Blick.

»Nein«, sagte Ben. »Sie müssen sich …«

»Wie heißen Sie?«

»Benjamin Senger«, antwortete Ben reflexartig, als säße er einem Kunden gegenüber.

»Lili«, sagte die junge Frau und streckte ihm ihre Hand entgegen, die Ben widerstrebend schüttelte.

»Meine Mutter war'n totaler Fan von diesem Film, Sie wissen schon …«

»Keine Ahnung, was Sie meinen.«

»Doch, natürlich! Mit dieser Schauspielerin …«

Ben schwieg in der Hoffnung, ein klares Signal zu senden, dass er keine Lust auf diese Unterhaltung hatte. Ohne Erfolg.

»… und diesem Puppenspieler. Mit diesen Marionetten! Ich fand die ja als Kind total unheimlich, aber …«

Ben schüttelte den Kopf und wandte sich ab. Lili fuhr fort: »Auch egal. Und – freuen Sie sich auf Weihnachten?«

Ben seufzte. Während er eilig über die bestmögliche Antwort nachdachte, die Lili zum Schweigen bringen konnte, musterte er die junge Frau. Sie trug eine merkwürdige Kombination aus grün-weiß gestreiftem Pullover, rotem Minirock, schwarzen Strumpfhosen und Stiefeletten. Ihre versilberten Ohrringe hatten die Form von Sternen, und ihr rotblondes, halblanges Haar legte sich in wirre Locken, die in alle Himmelsrichtungen von ihrem

Kopf abstanden, was ihrem Gesicht einen kindlichen Ausdruck verlieh. Das spitzbübische Grinsen tat sein Übriges. Wenn es aber verschwand, wirkte Lili plötzlich zehn Jahre älter.

»Wer freut sich nicht auf Weihnachten?«, entgegnete Ben ausweichend, zog den Bahnfahrplan unter seinem Sitz hervor und blätterte demonstrativ darin herum.

»Es kann einem natürlich auch ganz schön Angst machen«, erwiderte Lili plötzlich. »Vor allem, wenn man …«

Sie brach ab und setzte ein eiliges Lächeln auf, als hätte Ben sie bei etwas ertappt, das sie gar nicht hatte verraten wollen.

»Ich verbringe die Feiertage gern im Zug«, fuhr sie nach einer Weile fort. »Ich fahre hin und her, quer durchs ganze Land, manchmal sogar darüber hinaus, steige um, fahre weiter, übernachte, steige um, fahre weiter …«

»Das … macht nicht jeder«, sagte Ben.

»Probieren Sie's mal«, antwortete Lili. »Man lernt viele Menschen kennen, hört viele Geschichten, sieht viele Bahnhöfe …« Sie grinste Ben an, und bevor er noch etwas dagegen tun konnte, musste er lächeln.

»Und, was ist Ihre Geschichte, Benjamin Senger?«

»Ich bin einfach erledigt«, sagte Ben. Als er Lilis

Enttäuschung sah, fügte er hinzu: »War ein hartes Jahr. Und nach den Feiertagen geht's gleich so weiter. Die Feiertage selber werden vermutlich genauso anstrengend.«

»Besuchen Sie nicht Ihre Familie?«

»Eben drum.«

Lilis Augenbrauen zogen sich besorgt zusammen. »Mögen Sie Ihre Familie nicht?«

Ben lächelte. »Doch«, antwortete er leise.

»Sie dürfen sich nicht zu sehr unter Druck setzen«, sagte Lili verständnisvoll. »Genießen Sie es einfach. So wie früher, als Sie noch ein Kind waren.«

Ben sah Lili mitleidig an. Er überlegte, ob er ihr erklären sollte, dass er Weihnachten schon seit vielen Jahren nicht mehr unbekümmert entgegenblickte. Und dass es weiß Gott genug Kinder gab, für die Weihnachten nicht jenes unbeschwerte Freudenfest war, das Marketingspezialisten und Politiker so gerne heraufbeschworen.

»Oder sind Sie einer dieser Spielverderber, die überall ein Haar in der Suppe finden?«, fragte Lili mit amüsiertem Lächeln.

»Wenn eins drin ist«, gab Ben zurück.

Daraufhin saßen sie eine Zeit lang schweigend da, lauschten dem Rattern des Zuges und dem Stimmengewirr im Großraumabteil. Lili schien keine

Anstalten zu machen, das Gespräch fortzuführen, und Ben richtete seinen Blick durch die verdreckten Fensterscheiben, hinter denen die Abenddämmerung überraschend schnell heraufzog. Elektrische Lichterketten auf Häusern, Geschäften und Bäumen erstrahlten in hellem Licht. Und obwohl Ben immer noch müde war, musste er zu seiner eigenen Überraschung feststellen, dass er Lilis Schweigen bedauerte. Noch bevor er diesen Gedanken zu Ende gedacht hatte, hörte er sich sagen:

»Meine Eltern haben sich vor fünf Jahren scheiden lassen. Inzwischen haben sie beide neue Partner gefunden, und dieses Jahr feiern wir alle zum ersten Mal gemeinsam Weihnachten.«

Lili schien über dieses Bekenntnis genauso überrascht wie Ben selber. Normalerweise gab er so schnell nichts von seinem Privatleben preis, schon gar nicht gegenüber Fremden.

»Sie mögen die neue Frau Ihres Vaters und den neuen Mann Ihrer Mutter nicht?«, fragte Lili.

»Doch, sie sind … Ich kenne sie nicht wirklich gut, aber …« Ben seufzte.

»Sie müssen sich einfach an sie gewöhnen«, riet Lili. »Jeder verdient eine Chance. Oder zwei.«

Ben brummte irgendetwas Unverständliches.

»Feiert noch jemand mit?«, fragte Lili.

Unwillkürlich berührte Ben seinen nackten Ringfinger und antwortete dann: »Meine kleine Schwester. Emma.«

Lili sah Ben interessiert an.

»Sie hat eine Tochter, Marie, dreizehn Jahre alt.«

Lili lächelte. »Die freut sich bestimmt ganz besonders auf die nächsten Tage.«

Ben verzog spöttisch die Mundwinkel. »Bestimmt.«

Lili schien seine Ironie nicht zu bemerken.

»Was ist mit Ihnen?«, fragte Ben. »Haben Sie Geschwister?«

Lili nickte verhalten. »Aber leider … haben wir keinen Kontakt mehr.«

»Schon mal probiert, den wieder aufzunehmen?«, fragte Ben.

Lili schüttelte traurig den Kopf. »Würde nicht funktionieren.« Nach einer Weile grinste sie. »Ja, Sie haben recht. Ich bin eine von denen, die gerne anderen Leuten Ratschläge erteilen, ohne selber welche zu befolgen.«

»Willkommen im Club«, entgegnete er und grinste zurück. Lilis Lachen war warm und aufmunternd. Erneut berührte Ben seinen Ringfinger.

»Sie vermissen sie«, sagte Lili sanft.

Verblüfft blickte er auf. Mit einem Mal schienen ihre Augen alt und weise, als wüsste sie aus eigener

Erfahrung, wie gut man sich einreden konnte, keinen Schmerz zu verspüren.

»Was ist passiert?«, fragte sie weiter, mit Blick auf seinen Ringfinger.

»Wir …« Ben hielt kurz inne. »Wir dachten, das Leben wäre einfacher.«

Natürlich hatte es noch genügend andere Gründe gegeben, warum Theresa auf eine Scheidung gedrängt hatte. Aber diese Erklärung war ihm immer die liebste gewesen.

»Wie lange sind Sie beide schon auseinander?«

Ben seufzte. »Sie sind verdammt neugierig.«

»Stimmt«, bestätigte Lili, was Ben unwillkürlich lächeln ließ. Tatsächlich schien Lili weniger aufdringlich als ehrlich interessiert. Er begann sich zu fragen, ob dahinter ein Annäherungsversuch steckte. Und ob ihm das gefiel.

»Seit einem halben Jahr«, antwortete Ben schließlich.

»Dann feiern Sie zum ersten Mal ohne sie Weihnachten?«

Ben nickte. »Und damit es noch mehr Spaß macht, ist sie wieder zurück in unsere Heimatstadt gezogen. Dorthin, wo alles angefangen hat.«

»Und wo Ihre Eltern leben?«

Ben nickte. »Aber ich werde Theresa trotzdem nicht besuchen.«

»Ich nehme an, sie hätte auch kein Interesse daran«, erwiderte Lili, was Ben ein wenig kränkte.

»Wieso glauben Sie das?«

»Sie scheinen nicht der Typ zu sein, der mit jemandem befreundet bleibt.«

»Das ist auch nicht so einfach.«

»Nicht, wenn man die Vergangenheit festhalten will.«

»Sie schauen bestimmt nie zurück«, bemerkte Ben sarkastisch, »immer nur nach vorn.«

»Nein«, stellte Lili richtig. »Ich mache denselben Fehler wie Sie.«

Ben sah Lili fragend an. Sie lächelte nur.

»Sie müssen verstehen«, begann Ben. »Theresa und ich kennen uns praktisch ein Leben lang. Wir sind zusammen aufgewachsen, zur Schule gegangen, haben uns verliebt …«

»Verlobt, verheiratet …«

Ben schüttelte den Kopf. »So geradlinig, wie es sich anhört, war's nun auch nicht. Das meiste ist … einfach so passiert.«

»Passiert irgendetwas einfach so?«

»Mir schon.«

Er wandte den Blick ab. Das Reden hatte ihn angestrengt, und er ertappte sich dabei, wie ihm die Augen zufielen. Was er einerseits begrüßte, andererseits bedauerte, schließlich wollte er nicht unhöflich sein. Irgendwie gab ihm dieses Mädchen das Gefühl, ihn verstehen zu können. Und das hatte er lange nicht erlebt.

»Möchten Sie einen Kaffee?«, fragte Lili.

Die heiße, dünne Brühe, die im Zugbistro als Kaffee verkauft wurde, schwappte über Bens Hand, als sich der Zug ächzend durch eine Kurve rüttelte. Er verzog das Gesicht und wedelte mit seinen verbrühten Fingern in der Luft. »Ist Zugfahren nicht etwas ganz Wunderbares? Die liebevoll zubereiteten Speisen und Getränke …«

»… lassen sich entspannt und genussvoll sogar im Stehen einnehmen«, beendete Lili seinen Satz, während sie sich am Stehtisch festhalten mussten, um der Fliehkraft zu trotzen.

»Haben Sie Hunger? Wir könnten uns vielleicht noch gegenseitig das Tagesgericht über den Pullover kippen.«

»Warum nicht?«, antwortete Lili und verfiel in den säuselnden Ton eines Werbesprechers: »In unseren großzügigen Waschräumen bietet sich die willkommene Gelegenheit, eventuelle Verunreinigungen zu entfernen oder die Bekleidung ganz zu wechseln.«

Ben lächelte. »Lassen wir das lieber.«

»Das Flirten?«

»Nein, das …« Eigentlich hatte er das Umziehen gemeint. Ben räusperte sich. »Was meinen Sie mit …«

»Keine Ahnung«, sagte Lili und warf ihm ein rätselhaftes Lächeln zu. Ben wusste nicht, was er davon halten sollte: War sie einfach nur entwaffnend freundlich, oder hegte sie ernsthafte Absichten?

»Sie werden ja ganz bleich«, sagte Lili besorgt. Tatsächlich war Ben ein wenig flau im Magen.

»Ich hoffe, ich bringe Sie nicht aus dem Gleichgewicht.«

»Ist nur der Zug«, erwiderte Ben und nahm schnell noch einen Schluck Kaffee.

»Wann müssen Sie eigentlich aussteigen?«, fragte Lili unvermittelt.

»In …« Ben sah auf die Uhr. »Knapp zehn Minuten.«

»So ein Zufall«, grinste Lili. »Ich auch.«

Auf der Rückkehr in ihr Abteil schlingerte der Zug besonders kräftig hin und her, aber Ben konnte sich an den Kopfstützen der Sitze gerade noch festhalten, sodass er den anderen Mitreisenden nicht in den Schoß fiel. Lili hingegen bewegte sich mit irritierender Leichtfüßigkeit. Als sie sich mit einem flüchtigen Blick über die Schulter vergewisserte, dass Ben immer noch hinter ihr war, bemerkte sie den verwunderten Ausdruck auf seinem Gesicht und schien kurz darauf selber ins Taumeln zu geraten. Doch Ben kam das fast gespielt vor, als wollte Lili beweisen, dass auch sie den Gesetzen der Fliehkraft ausgeliefert war.

Endlich erreichten sie ihre Plätze. Ben hob Lilis Rucksack und seine Reisetasche von der Hutablage. Hier hatte Lili auch seine Einkaufstüte mit den Geschenken deponiert, aber die waren jetzt weg.

»Fröhliche Weihnachten«, murmelte Ben verärgert.

Lilis Miene verfinsterte sich. Suchend wanderte ihr Blick die Gänge auf und ab, gleichzeitig fragte sie die anderen Fahrgäste, ob sie den Dieb beobachtet hätten. Aber niemandem war etwas aufgefallen. Vermutlich hatte jemand beim Aussteigen am letzten Bahnhof einfach zugegriffen.

»Das ist alles meine Schuld«, klagte Lili. »Wenn ich Sie nicht zu diesem ekelhaften Kaffee eingeladen hätte …«

»Unsinn«, sagte Ben. »Sie konnten ja nicht wissen, dass …«

»Jetzt kommen Sie meinetwegen ohne Geschenke nach Hause.«

»Nicht so wichtig.«

»Doch«, beharrte Lili. »Wir müssen unbedingt neue kaufen.«

»Also, so kurzfristig wird das wohl nicht mehr …«

»Ich helf Ihnen beim Aussuchen«, sagte Lili. »Ich finde immer etwas Passendes.«

»Meine Damen und Herren, in Kürze erreichen wir …«

Als Ben auf den Bahnsteig trat und die klirrende Abendkälte auf seinem Gesicht spürte, stieg Freude in ihm auf, dass Lili ihn unbedingt zum Einkaufen begleiten wollte. Ob dies tatsächlich ihre Haltestelle war? Aber selbst wenn sie nur einen Vorwand gesucht hatte, um an seiner Seite zu bleiben, war das für Ben zu seinem eigenen Erstaunen völlig in Ordnung.

Obwohl er nach der Scheidung von Theresa keinen ernsthaften Versuch unternommen hatte, eine andere Frau kennenzulernen, hatte er jegliche weibliche Aufmerksamkeit mit Erleichterung registriert und mit Elan erwidert. Weit gekommen war er damit allerdings nicht: Die Kollegin, die er während eines Fortbildungswochenendes kennengelernt hatte, schien zwar an ihm interessiert, hatte aber nach jeder Menge einladender Blicke und auffällig zufälliger Berührungen doch abgelehnt, die Nacht mit Ben zu verbringen. Nicht mal geküsst hatten sie sich an jenem Abend, sondern nur unbeholfen im Auto umarmt. Vielleicht hatte sie in den folgenden Tagen auf seinen Anruf gewartet. Aber Ben war nicht in sie verliebt, nicht einmal aufrichtig interessiert gewesen, sie näher kennenzulernen. Sie oder irgendjemand anderen, um ehrlich zu sein. Wenn er spätabends aus der Agentur nach Hause kam, war er froh, mit niemandem mehr reden zu müssen. Was die geschwätzige neue Nachbarin aus der Wohnung gegenüber hoffentlich auch bald verstehen würde. Eine Fertigmahlzeit aus der Mikrowelle, eine DVD mit einem Film, den er bereits kannte und vor dem er auf seinem neuen Sonderpreis-Sofa einschlief – mehr Feierabendprogramm wollte Ben sich im Augenblick nicht zumuten. Natürlich würde das nicht immer so sein. Ganz klar, es kämen auch wieder andere Zeiten, wenn er erst mal …

»Wie alt ist Ihre Nichte noch mal? 13?«

Ben nickte. Sie waren die Straße vom Bahnhof hinuntergeschlendert und vor einem Spielzeugladen angekommen.

»Und Sie wollten ihr allen Ernstes einen Teddybär schenken?«

»Es ist ein ironisches Geschenk«, erklärte Ben. »Marie und ich gehen immer so miteinander um.«

Lili warf ihm einen verständnislosen Blick zu.

»Ich weiß, dass sie kein Kind mehr ist. Aber genau das ist der Punkt«, beharrte Ben. »Sie wird es verstehen. Außerdem gibt's einen Umschlag mit Geld dazu.«

»Ruiniert die Ironie irgendwie, finden Sie nicht?«, gab Lili zurück und betrat den Spielzeugladen, bevor Ben etwas entgegnen konnte.

Der Teddybär im Regal brummte genervt, wenn man ihn kurz auf den Kopf stellte. Vergnügt stellte Lili fest, dass Ben sich genauso anhörte, wenn er auf ihre Fragen keine Antworten geben wollte.

»Es gibt Schlimmeres«, erwiderte Ben und drückte auf den Bauch einer zum Popstar aufgestylten Anziehpuppe, die daraufhin anfing, »Baby, hit me one more time« zu singen.

Anschließend begaben sie sich in ein Ledergeschäft, wo Ben für seine Eltern und deren Partner Handschuhe kaufen wollte.

»Verdammt symbolisch«, bemerkte Lili.

»Wieso?«, wehrte sich Ben. »Die sind praktisch, von besonderer Qualität und sehen gut aus.«

»Ihr Unterbewusstsein will Ihre Eltern davon abhalten, Kontakt zu den neuen Partnern zu riskieren«, meinte Lili. »Eigentlich könnten Sie auch gleich Kondome schenken.«

»Vielleicht nächstes Jahr«, erwiderte Ben beleidigt und ließ sich von der Verkäuferin schwarze Lederhandschuhe für seine Eltern und deren neue Partner zeigen. Ein prächtiges Geschenk – auch für Einbrecher und Mörder bestens geeignet, sagte eine

Stimme in seinem Kopf, die durchaus Lilis hätte sein können.

Als er zur Kasse ging, blickte er sich nach Lili um. Für einen Moment befürchtete er, dass sie ihn angesichts seiner Geschenkauswahl als verschrobenen, sturen Spießer entlarvt und beschlossen hatte, sich schnellstmöglich aus dem Staub zu machen. Doch dann tauchte ihr amüsiert strahlendes Gesicht unter einem aufgespannten Regenschirm auf, den sie am Griff hin und her drehte, sodass das Muster zu einem bunten Farbenwirbel verschwamm.

»Wollten Sie nicht noch etwas für Ihre Schwester aussuchen?«, fragte Lili.

»Wir schenken uns nichts.«

Ben sah, wie der Farbkreisel abrupt zum Stehen kam. Beim Anblick von Lilis enttäuschter Miene fügte er hinzu: »Emma macht sich nichts aus Weihnachten. Man könnte sogar sagen, sie hasst es.« Das war nicht mal übertrieben. Nur ihrer Tochter und ihren Eltern zuliebe feierte seine Schwester überhaupt Weihnachten. »Wenn ich Emma trotzdem etwas schenken würde, müsste ich mir nur wieder ihren Sermon zur Scheinheiligkeit eines weltweit verklärten Feiertags anhören, dessen wahre Bedeutung längst vergewaltigt und vergessen worden ist.«

»War Ihre Schwester schon immer so verdammt heiter?«

»Vielleicht ist sie ja nur verdammt realistisch.«

Lili verzog das Gesicht und spielte an dem Schirm herum.

»Wollen Sie den mitnehmen?«, fragte Ben.

»So zum über die Dächer schweben wie Mary Poppins, meinen Sie?«, erwiderte Lili und hielt den Schirm über ihren Kopf. Dann winkte sie ab. »Das kann ich auch so.«

Ben wollte gerade zur Kasse, als ihm jemand von hinten auf die Schulter schlug.

»Ich glaub's ja nicht …«

Ben drehte sich um. Vor ihm stand ein kleiner, untersetzter Mittdreißiger mit Bürstenschnitt und einer schmalen schwarzen Hornbrille.

»Tim«, presste Ben hervor. Sein ehemaliger Klassenkamerad war immer eine unerträgliche Nervensäge gewesen und nur dann freundlich, wenn er damit ein bestimmtes Ziel verfolgte. Nachdem Ben ihm einige Male auf den Leim gegangen war, hatte er Tim die kalte Schulter gezeigt. Und dafür entrüstete Abneigung und Häme kassiert.

Auch heute noch schien Tim sich gern darin zu üben. »Hab von deiner Scheidung gehört«, sagte er und zupfte seine Clownsmuster-Krawatte zurecht, unter der sich ein beträchtlicher Bauch wölbte. »Jammerschade, dass ihr zwei es nicht geschafft habt.«

»Und du? Immer noch Junggeselle?«, gab Ben zurück.

Tim lachte kopfschüttelnd. »Das kommt davon, wenn man sich so lange nicht mehr blicken lässt.« Er hob die Hand und zeigte einen protzigen Ehering, der in seinen Wurstfinger einschnitt. »Nächstes Jahr sind's zehn Jahre. Und das Tollste ist: Jana ist schon wieder schwanger. Unser drittes.«

»Wahnsinn«, sagte Ben und meinte es durchaus wörtlich.

Tim nickte. »Ich sag dir eins: Es gibt nichts Schöneres als Weihnachten mit Kindern. Da erlebt man alles mit ganz anderen Augen, so wie früher, als es für uns noch das Größte war.«

Ben begegnete Tims hinterhältigem Blick und war sicher, dass er genau wusste, dass diese Bemerkung einen wunden Punkt treffen würde.

»Hallo.« Lili hakte sich bei Ben unter und setzte ein gewinnendes Lächeln auf.

Tim lächelte überrascht zurück. »Hal-*lo* …« Er zwinkerte Ben verschwörerisch zu. »Theresa hat mir gar nicht gesagt, dass du wieder …«

»Tut das weh?«, unterbrach Lili ihn und deutete auf Tims Ehering. »Der sitzt ganz schön eng.«

»Kein Problem«, erwiderte Tim irritiert.

»Sicher? Auf mich wirken Sie, als würde er Ihnen die Blutzufuhr ins Oberstübchen abschneiden«, erklärte Lili mit einem solch aufrichtig sorgenvoll klingenden Ton, dass Ben für einen Moment glaubte, sie meinte es ernst.

»Vielen Dank«, antwortete Tim, nun durchaus beleidigt. »Aber mir geht es ausgezeichnet.«

Ben unterdrückte ein Lächeln.

»Im Gegensatz zu Michael«, fügte Tim schnell hinzu und fixierte Ben.

»Michael?«

»Der Hagedorn. Hast du's nicht gehört?« Tim strengte sich an, aufrichtig betroffen zu wirken. »Gehirntumor. Brach plötzlich zusammen. Einfach so. Liegt jetzt im St. Vinzenz.«

Lili sah, dass Ben von der Nachricht sichtlich getroffen war.

»Wie … wie ist die Prognose?« Ben musste sich räuspern.

Tim seufzte kopfschüttelnd. »Viele Weihnachtsbäume wird er nicht mehr schmücken …«

Lili starrte Tim wütend an. Auch Ben fand die Bemerkung nicht passend, war aber längst daran gewöhnt. Außerdem rasten ihm so viele Gedanken durch den Kopf, dass er keine Zeit hatte, eine passende Antwort zu formulieren.

»Kannst ihn ja auch mal besuchen«, schlug Tim vor. »Ich war schon zweimal dort.«

»Mal sehen.«

»Mal sehen? Ihr wart doch so eng befreundet.«

Ben begegnete Tims vorwurfsvollem Blick, war aber immer noch zu schockiert, um ihm über den Mund zu fahren. Er merkte, dass Lili ihn gespannt musterte, als erwarte sie einen Wutausbruch.

»Ist ja *deine* Entscheidung«, murmelte Tim. Während er Lili mit einem wohldosierten Hauch Geringschätzung musterte, schnurrte er ihr entgegen: »Hat mich gefreut.«

»Mich nicht«, antwortete sie.

Tim zuckte zusammen. Offenbar hatte er nicht damit gerechnet, dass sie ihn ein zweites Mal brüskieren würde. Ben hätte gelacht, wäre er in Stimmung dazu gewesen.

»Vielleicht ist es ja gar nicht so schlimm«, gab Lili zu bedenken.

Ben nickte ohne Überzeugung. Sie hatten den Laden verlassen und blieben unentschlossen stehen. Passanten eilten an ihnen vorbei und sorgten dafür, dass Ben und Lili immer wieder einen Schritt vorwärts oder rückwärts machen mussten, um ihnen auszuweichen.

»Wissen Sie wirklich noch nicht, ob Sie Ihren Freund im Krankenhaus besuchen werden?«, wollte Lili wissen.

»Doch, schon«, stammelte Ben. »Aber ... Michael

war zwar früher mal ein guter Freund, aber das war noch zu Schulzeiten. Danach haben wir uns aus den Augen verloren. Wie das halt so ist.«

Lili fixierte ihn und zuckte dann die Achseln. »Wenn er Ihnen nichts mehr bedeutet, hat ein Besuch sowieso keinen Sinn. Wäre für ihn genauso unangenehm wie für Sie.«

Ben lächelte Lili dankbar an. Obwohl er befürchtete, dass sein Gewissen ihm keine Ruhe lassen würde, wenn er Michael nicht besuchen würde, wollte er im Augenblick nicht auch noch daran denken müssen. Und eigentlich hatte Lili recht: Mit einer reinen Pflichtvisite, so wie Tim sie (schon zweimal!) hinter sich gebracht hatte, war sicher niemandem gedient.

Ben sah, wie Lili einen Blick auf die Uhr warf.

»Sie kommen noch zu spät«, sagte sie. »Ihre Familie wartet doch bestimmt schon auf Sie.«

»Und Sie müssen den nächsten Zug erwischen …«

»Tja, dann …« Lili streckte Ben die Hand entgegen. Er schüttelte sie einen Moment länger als nötig und dachte darüber nach, was er am besten sagen sollte. Dachte daran, dass etwas in ihm Lili überhaupt nicht gehen lassen wollte.

Lili lächelte, als würde sie sich über ihn amüsieren. »Fröhliche Weihnachten«, sagte sie. »Wird bestimmt viel schöner, als Sie denken. Ich hab so was im Gefühl.«

Ben nickte und sagte dann plötzlich: »Kommen Sie doch mit!«

Lili überlegte. »Warum?«

Ben suchte nach einer passenden Antwort und entschied sich schließlich für die Wahrheit: »Weil ich das Gefühl habe, dass es dann leichter für mich wird.«

Lili lächelte. Sie schien auf merkwürdige Weise stolz. »Und was werden Sie Ihrer Familie erzählen, wenn Sie mich so einfach mitbringen?«

Ben überlegte. »Sagen wir doch einfach, wir kennen uns schon seit einiger Weile.« Lili sah ihn zweifelnd an, und er fügte hinzu: »Beruflich.«

»Was machen Sie noch mal?«

»PR«, antwortete Ben.

»Was?«

»Promotion. Werbung. Hauptsächlich für Personen.«

Lili kicherte. »Wie, jetzt? Was für Personen?«

»Schauspieler, Sänger, Moderatoren … manchmal organisieren wir auch Veranstaltungen, Events und so. Sie wissen schon.«

»Machen Sie das gern?«

Ben zögerte und fragte lieber zurück: »Was machen *Sie* eigentlich?«

»Wollen wir uns nicht lieber duzen?«

»Okay. Was machst *du* eigentlich?«

»Verschiedenes.«

»Hört sich toll an«, erwiderte Ben ironisch.

»Consulting«, erklärte Lili.

»Freiberuflich?«

»Eher angestellt.« Angesichts Bens immer noch neugierigen Gesichts fügte sie hinzu: »Fester freier Mitarbeiter. Du weißt schon.«

»Und wo?«

»Überall. Wo mich die Firma halt einsetzt.«

»Dann bist du viel unterwegs.«

Lili nickte. »Leider.«

Wieder mussten sie Passanten ausweichen, und ihr Abstand zueinander vergrößerte sich. Der Wind wurde kälter, und Ben fröstelte. Lili sah erneut auf die Uhr.

»Ich kann ja sagen, dass du Schauspielerin bist«, sagte Ben augenzwinkernd. »Und dass ich für *dich* PR gemacht habe.«

Lili strahlte. »Das könnte ich mir vorstellen.«

»Es würde allerdings bedeuten, dass du die nächsten Tage bei einer Familie verbringen musst, die du nicht kennst und die alles andere als unkompliziert ist. Mit einem Typen, der dir vermutlich nur auf die Nerven gehen wird …«

Lili lachte und verpasste ihm einen ungestümen Schlag in die Magengrube, der Ben für einen Moment die Luft nahm. Er hustete und rieb sich den schmerzenden Bauch, doch Lili war bereits losgestapft. Zu Bens Verwunderung in die richtige Richtung.

Das Haus seiner Eltern war nicht allzu weit vom Kern der kleinen Stadt entfernt, in der Ben aufgewachsen war. Es stand in einer ruhigen Gegend, zum Zeitpunkt seiner Geburt noch eine einzige Baustelle. Nach und nach waren in den hübsch bepflanzten Straßen weitere Häuser dazugekommen, in denen sich vor allem Familien angesiedelt hatten. Ein paar Jahre später waren die Grundstückspreise in die Höhe geschnellt, und ein paar gut betuchte Pendler, die in den umliegenden größeren Städten arbeiteten, hatten die Nachbarschaft erweitert. Viele Veränderungen hatte es seitdem nicht gegeben. Fast vierzig Jahre nach Grundsteinlegung der ersten Häuser lebte hier vor allem die Generation der damals hoffnungsvollen Eltern, die sich ein sorgenfreies Leben im Kreis ihrer wachsenden Familien erträumt hatte. Doch die meisten Kinder waren längst weggezogen, um sich ihr Leben in größeren Städten mit attraktiveren beruflichen Möglichkeiten einzurichten. Und so blieb es hinter den meisten Fenstern, an denen Ben und Lili an diesem Abend vorbeikamen, dunkel. Nur die Lichterketten, die die Bewohner in ihren Häusern und Vorgärten angebracht hatten, gaben den Anschein festlicher Stimmung.

Es war kurz nach 21 Uhr, als Ben und Lili das Haus seiner Eltern erreichten. Sie hätten viel früher eintreffen können, doch Ben hatte immer wieder nach neuen Umwegen gesucht. Kurz nachdem er Lili überredet hatte, ihn zu begleiten, begann seine Entscheidung ihm Kopfzerbrechen zu bereiten. Gleichgültig, welchen Vorwand er sich einfallen ließ – man würde trotzdem davon überzeugt sein, dass Lili seine neue Freundin war, oder zumindest die Person, die ihm über die Scheidung von Theresa hinweghelfen sollte. Und das ärgerte Ben. Im Allgemeinen war es ihm zwar egal, was andere über ihn dachten, aber was seine gescheiterte Ehe mit Theresa anging, war er überaus empfindlich. Schließlich war das allein seine Sache. Und er konnte es nicht leiden, wenn man ihn dazu drängte, die Vergangenheit zu akzeptieren und nach vorn zu schauen. Er allein würde über sein Leben entscheiden und niemand anders, verdammt noch mal.

»Und wie hast du auf die Scheidung deiner Eltern reagiert?«

Ben seufzte. Unterwegs hatte Lili ihn unablässig mit Fragen zu seiner Familie gelöchert. Was verständlich war – schließlich hatte sie ein Recht darauf zu erfahren, was sie erwartete. Andererseits zwang sie ihn, Antworten zu formulieren, die er bislang zu einem großen Teil für sich behalten hatte.

Wie seine Kindheit gewesen war? Eigentlich schön, weitgehend behütet und sorglos. Ob er sich mit seiner Schwester verstanden hatte? Ganz okay, als Erwachsener besser als zu Kinderzeiten, aber das war doch bei den meisten Menschen so.

Warum er die Stadt, in der er groß geworden war, verlassen hatte? Weil er hier nicht hatte studieren können – und weil Theresa und er vom Leben in der Großstadt geträumt hatten.

Ebenso hatte Ben erklären müssen, was für Menschen seine Eltern waren. Er hatte von der Bodenständigkeit seines Vaters Carl erzählt, der eine kleine Firma für Elektrotechnik führte und bedauerte, dass Ben nicht in seine Fußstapfen getreten war. Carl hatte ihm zwar deswegen nie Vorwürfe gemacht, erwähnte aber bei jedem Besuch, dass es noch nicht zu spät wäre, falls Ben sich umentscheiden wollte. Die Grabenkämpfe, die häufig zwischen Vater und Sohn entstehen, waren Ben allerdings erspart geblieben. Carl hatte die klassischen Alpha-Männchen-Rivalitäten immer für lächerlich gehalten und Ben in dieser Hinsicht nachhaltig beeinflusst.

Auch seine Mutter Kirsten hatte nie etwas für Machtkämpfe übriggehabt. Was wahrscheinlich mit ihrem Beruf als Psychotherapeutin zusammenhing. An ernsthafte Streitszenen oder handfeste Familienkräche konnte sich Ben kaum erinnern. Wann immer er oder seine zwei Jahre jüngere Schwester ihrer Wut Luft gemacht hatten, hatten Carl und Kirsten sanft, aber bestimmt für Frieden gesorgt. Ob es sich hier um übersteigerte Harmoniesucht handeln könnte, hatte Ben sich erst als Erwachsener gefragt. Früher war er davon überzeugt gewesen, dass seine Eltern genau das taten, was ihre Aufgabe war: Sie sorgten für Recht und Ordnung, wie zwei gutmütige, liebevolle Polizisten.

Als Emma erwachsen war, begann sie ihnen jedoch genau das mit zunehmender Vehemenz vorzuhalten. Vor lauter Harmoniebedürfnis, so Emma, hätten es ihre Eltern versäumt, sie und Ben auf die Konflikte der »realen Welt« vorzubereiten. Ben hielt das für übertrieben, eine Reaktion auf den Schock, vom Vater ihres Kindes nach der Geburt verlassen worden zu sein. Andererseits verstand Ben durchaus, dass Emma jemanden brauchte, dem sie ihre Hilflosigkeit vorwerfen konnte.

Kirsten und Carl Senger hatten Emmas Anschuldigungen mit Geduld und Sanftmut aufgenommen. Was Ben angesichts Emmas heftiger werdender Temperamentsausbrüche durchaus bewundernswert fand. Sogar als Emma eine Zeit lang den Kontakt zu ihren Eltern abgebrochen hatte, schienen Kirsten und Carl sich trotz aller Traurigkeit ihr Verständnis für ihre Tochter zu bewahren.

Natürlich wusste Ben, dass seine Eltern ihre wirklichen Gefühle nicht immer preisgaben. Und mit jedem weiteren Jahr scheinbarer Ausgeglichenheit musste man einfach damit rechnen, dass Carl und Kirsten irgendwann explodieren würden vor lauter aufgestauter Enttäuschung, Verbitterung und Zorn. Aber der erwartete Befreiungsschlag kam nicht. Jedenfalls nicht so schnell. Und als er dann kam, handelte es sich weniger um eine Explosion als vielmehr um eine Implosion, die das gesamte Familiengefüge sprengte. Ben erinnerte sich noch genau an den Tag. Seine Eltern hatten Emma und ihn zum Kaffeetrinken eingeladen und schon nach wenigen Minuten ihre Scheidung verkündet. Mehr noch: Sie hatten von ihren neuen Lebenspartnern berichtet, als wäre die Harmonie schon wieder hergestellt gewesen, als hätte es nie ein Problem gegeben: Niemand würde unglücklich bleiben, sie alle würden einen neuen Anfang machen.

Emma hatte daraufhin erst mal lachen müssen. Aus Überraschung, aber auch aus Wut darüber, dass ihre Eltern offenbar immer noch bemüht waren, schnellstmöglich Ordnung herzustellen, wenn etwas durcheinandergeraten war.

Ben hingegen war stumm geblieben, maßlos enttäuscht. Auch wenn er zu diesem Zeitpunkt fast 31 Jahre alt gewesen war, hatte er sich gefühlt wie ein 12-Jähriger, der plötzlich einsehen musste, dass es auf der Welt kein Happy End gab. Zu seinem Erstaunen hatte Ben mit aufsteigenden Tränen gekämpft und sich unter dem Vorwand verabschiedet, er müsse zu einem angeblich dringenden Termin aufbrechen.

»Und ich wette, ab diesem Tag ging es auch zwischen dir und Theresa bergab«, sagte Lili.

Ben antwortete nicht. Tatsächlich hatte seine Ehe kurz darauf zu kriseln begonnen.

Lili lächelte. »Wahrscheinlich hast du dich gefragt, ob ein Fluch auf deiner Familie lastet.«

»Was?«

»Na ja – erst läuft deiner Schwester der Mann weg, dann trennen sich deine Eltern, dann passiert das auch bei dir …«

»Blödsinn«, zischte Ben. »Das mit Theresa hatte ganz andere Gründe.«

»Sollen wir später darüber reden?«

Ben wollte überhaupt nicht darüber reden. Warum konnte Lili ihn nicht einfach in Ruhe lassen? Warum hakte sie ständig nach? Am besten schickte er sie zum Bahnhof zurück. Jetzt sofort. Bevor sie alles noch schlimmer machte.

Doch dann wurde die Haustür vor ihnen geöffnet, und Kirsten und Carl strahlten ihnen entgegen.

»Fröhliche Weihnachten!«, riefen die beiden nahezu gleichzeitig. Aus dem geschmückten und mit funkelnden Lichterketten erhellten Haus der Sengers drangen anheimelnde Wärme, köstlicher Duft von Gebäck und gedämpfte Weihnachtsmusik.

Ben hatte damit gerechnet, dass seine Mutter allein die Tür öffnen würde – schließlich hatte sie das Haus nach der Scheidung behalten. Doch jetzt lächelte sie ihm gemeinsam mit seinem Vater entgegen, und Ben fühlte sich, als hätte jemand die Zeit zurückgedreht.

»Fröhliche Weihnachten zurück!«, erwiderte Lili mit breitem Grinsen.

Kirsten und Carl sahen Ben fragend an.

»Das ist …«

»Lili«, fiel sie ihm ins Wort und drückte zuerst Kirsten, dann Carl an sich, als würde sie die beiden schon eine Ewigkeit kennen. »Wir sind uns vorhin im Zug begegnet«, sagte Lili, bevor Ben mit seiner zurechtgelegten Erklärung beginnen wollte. »Und da ich für die Feiertage noch nichts vorhatte, war Ben so freundlich, mich einzuladen.«

Kirsten und Carl sahen erst Lili verblüfft an, dann Ben, der nur nervös lächeln konnte.

»Er macht sich ein wenig Sorgen, dass Sie ihn wegen Theresa nicht in Ruhe lassen«, fuhr Lili in verständnisvollem Ton fort. »Ich nehme an, ich soll als eine Art Puffer herhalten. Wenn noch ein Fremder dabei ist, gibt man sich ja viel mehr Mühe, sich nicht danebenzubenehmen.« Sie zwinkerte Ben und seinen Eltern aufmunternd zu. »Aber meinetwegen muss sich hier keiner verstellen. Wir kriegen die nächsten Tage auch so in den Griff, oder?«

Kirsten und Carl sahen zuerst Lili, dann Ben mit offenem Mund an. Ben lächelte so sehr, dass es wehtat.

Kaum waren Ben und Lili ins Haus getreten, tauchten aus der Küche Joseph und Grit auf. Ben hatte die neuen Partner seiner geschiedenen Eltern zwar schon ein paar Mal gesehen, aber die Begegnungen waren angenehm kurz geblieben. Jede Gelegenheit für ein näheres Kennenlernen hatte Ben erfolgreich gemieden. Der neue Mann seiner Mutter und die neue Frau seines Vaters waren sicher liebenswerte Menschen, aber musste er unbedingt herausfinden, warum sie so liebenswert waren?

Warum sich seine Eltern trotz ihrer Scheidung noch so oft trafen, war ihm schleierhaft. Lag es an der von Emma harsch kritisierten Harmoniesucht, die Kirsten und Carl selbst jetzt noch nicht aus den Fängen ließ? Oder hatten die beiden insgeheim noch Gefühle füreinander?

Die Vermutung, seine Eltern könnten ihre Scheidung bereuen, war tatsächlich einer der Gründe, die ihn dazu veranlasst hatten, dieses Jahr nach Hause zurückzukommen. Zwar hegte er keine ernsthafte Hoffnung, die beiden würden über die Feiertage wieder zueinander finden, aber vielleicht konnte es ganz aufschlussreich sein, sie mit ihren neuen Partnern zu beobachten.

Nun, da er Joseph und Grit tatsächlich gegenüberstand, verlor das Ganze jedoch schlagartig seinen Reiz. Ben wurde so brutal von der Wirklichkeit überrascht wie ein Boxchampion vom Kinnhaken eines Außenseiters, und auf einmal konnte er sich an keinen der geistreichen Kommentare erinnern, die er sich im Voraus zurechtgelegt hatte. Joseph, der neue Mann seiner Mutter, war von hünenhafter Statur und trug einen gestutzten grau melierten Vollbart. Er sah aus wie ein gutmütiger Holzfäller, was auch mit seiner Vorliebe für karierte Flanellhemden zu tun hatte, die er bislang bei jeder Begegnung mit Ben getragen hatte. Die Schürze über seiner Jeans hätte unpassend wirken können, wenn Ben nicht gewusst hätte, dass Joseph in Wahrheit kein Holzfäller, sondern gelernter Koch war. Vermutlich ging der Backgeruch im Haus auf sein Konto. Es war damit zu rechnen, dass Joseph nicht nur für die Plätzchen, sondern auch für die weitere kulinarische Versorgung der nächsten Tage zuständig sein würde. Da Ben noch nie etwas von Joseph probiert hatte, wusste er nicht, ob er sich davor fürchten sollte.

»Ben«, sagte Joseph einfach – er war noch nie ein Mann großer Worte gewesen – und streckte seine Hand aus. Ben schüttelte sein Handgelenk, da Josephs Handflächen von oben bis unten mit Mehl und Zuckerguss verschmiert waren.

»HERZLICH WILLKOMMEN«, fügte Grit mit donnernder Stimme hinzu und machte Anstalten, ihn zu umarmen, was Ben gerade noch verhindern konnte, indem er seine Hand nach vorne schnellen ließ. Grit war fast einen Kopf größer als er und hatte einen riesigen Busen, der sich während bisheriger Begrüßungen stets aufdringlich gegen sein Gesicht gedrückt hatte. Im Gegensatz zu ihrem ausladenden Körper wirkte Grits Kopf fast klein, was durch ihr raspelkurzes graues Haar noch betont wurde, das ihrem schmalen Gesicht keine zusätzliche Kontur schenkte. Dazu war sie mit einer tiefen Stimme gesegnet, die offenbar nur auf volle Lautstärke eingestellt werden konnte, was Ben unsäglich irritierte. Natürlich hatte er sich die Frage gestellt, warum sich sein Vater ausgerechnet in eine Frau verliebte, die das genaue Gegenteil von Kirsten war, deren mädchenhafter Körper dank leichter Knochen und streng kontrollierten Appetits auch heute noch weitgehend erhalten geblieben war.

Auch in anderer Hinsicht stand Grit in deutlichem Gegensatz zu Kirsten. Während Bens Mutter feinfühlig, beruhigend und beherrscht war, hatte Grit keine Hemmungen, polternd loszulachen, Leute in die Seite zu boxen oder penetrant vor sich hinzusummen (eine Eigenschaft, die sie sich in ihrem Beruf als Klavierlehrerin angewöhnt hatte). Zudem besaß Grit eine ausgesuchte Dickfelligkeit, mit der sie ihren Standpunkt jedem aufzwängte, der es wagte, sich auf eine Diskussion mit ihr einzulassen.

All das führte Ben wieder zu seinen grundsätzlichen Fragen zurück. Konnte sich sein Vater wirklich in so jemanden verliebt haben? Und warum verbrachte seine Mutter so viel Zeit mit Grit? Aus reiner Fassungslosigkeit und weil auch sie die Anziehung zwischen Grit und Carl verstehen wollte? Oder weil sie es genoss, dass Carl an jemanden geraten war, auf den sie mit Genugtuung herabsehen konnte?

Merkwürdigerweise schien Kirsten Grit mit aufrichtiger Herzlichkeit zu begegnen und sie längst als Freundin akzeptiert zu haben. Und Ben konnte an seiner Mutter überhaupt keine Anzeichen einer inszenierten Scharade feststellen. Andererseits hatte Ben auch keine Zweifel am Fortbestand ihrer Ehe gehabt, obwohl er geglaubt hatte, ihr Mienenspiel auswendig zu kennen.

Das Verhältnis zwischen seinem Vater und dem neuen Mann seiner Mutter war für Ben wesentlich leichter zu verstehen. Carl war zwar schlanker, aber ungefähr genauso groß wie Joseph. Auch charakterlich gab es für die beiden keinen Anlass, aufeinander herabzublicken; beide hatten sich aus armen Verhältnissen emporgearbeitet und kamen nicht auf die Idee, dies mit intellektuellem Gehabe zu kompensieren. Vielmehr teilten Carl und Joseph eine Vorliebe für Sportsendungen, Geselligkeit und gutes Essen. Zudem waren sie beide gutmütig, warmherzig und durch nichts so schnell aus der Ruhe zu bringen. Eigentlich hatte sich Kirsten mit Joseph genau so jemanden wie Carl gesucht. Und wahrscheinlich war das der Grund für die versteckte Feindseligkeit zwischen den beiden Männern. Sie waren sich einfach zu ähnlich. Carl fühlte sich vermutlich bloß ausgetauscht, und Joseph hatte wohl das Gefühl, dass Kirsten in Wahrheit immer noch ihren Ex-Mann liebte. Für jemanden wie Lili, der die Vorgeschichten nicht kannte, schienen sich Carl und Joseph auf den ersten Blick zwar ähnlich gut zu verstehen wie Kirsten und Grit, doch Ben zweifelte keine Sekunde daran, dass sich dies schon in den nächsten Tagen ändern würde. Erst recht, da er jetzt hier war.

»Wie war die Fahrt?«, beendete Carl das verlegene Schweigen, das nach der Begrüßung entstanden war.

»Gut«, brachte Ben erstickt hervor. Ihm war gerade aufgefallen, dass sein Vater den gleichen Pullover wie Grit trug: ein grob gestricktes dunkelgrünes Wollmonster mit einem braunen Hirschkopf in der Mitte.

»SAG RUHIG DIE WAHRHEIT: ENTSETZLICH«, prustete Grit fröhlich heraus und klopfte Ben auf die Schulter. »Ist doch klar, so kurz vor den Feiertagen! Und dann noch diese Liliputaner-Sitzreihen, die pöbelnden Leute, die einem auf den Füßen herumtrampeln …«

»So schlimm war's nicht«, sagte Ben, um Grit etwas entgegenzusetzen.

»Für dich schon«, warf Lili entrüstet ein.

»Lili …«

»Muss dir doch nicht peinlich sein.«

»Es ist mir nicht peinlich.«

»Eben. Schließlich geht's jedem so.«

»Jetzt kommt erst mal in Ruhe an«, ergriff Kirsten das Wort. »Braucht ihr Hilfe mit eurem Gepäck?«

Ben winkte ab. »Geht schon, ich …«

»ACH WAS, IHR SEID TOTAL ERLEDIGT, DAS MERKT MAN DOCH!« Grit griff nach seinem Koffer, den Geschenktüten sowie Lilis Rucksack, was sie trotz ihrer imposanten Statur ins Wanken brachte. Sofort sprangen Carl und Joseph herbei, um Grit zu helfen.

»GEHT SCHON!«

»Wirklich?«, fragte Joseph.

»Gib mir wenigstens den Koffer …«

»LASST EUCH BLOSS NICHT VON MEINER GRA-
ZILEN FIGUR TÄUSCHEN«, erwiderte Grit und prustete los, während sie, immer noch mit Bens Gepäck-
stücken beladen, die Treppe ins obere Stockwerk
hinaufstolperte.

»Grit, wirklich …«, versuchte Carl es erneut.

»ICH HAB'S!«, versprach Grit und verfehlte dabei
eine Stufe. Fast wäre sie gestürzt, fing sich jedoch
im letzten Moment ab, grinste siegessicher über die
Schulter, um dann bei der nächsten Stufe endgültig
nach vorne zu kippen.

»VERDAMMT NOCH MAL …«

Carl und Joseph starrten einander an, als fragten
sie sich, wer von ihnen Grit als Erster zu Hilfe eilen
sollte.

»Ist was passiert?«, fragte Kirsten sanft.

»ACH, SO LEICHT WIRD MAN MICH NICHT LOS!«,
gab Grit zurück, während Carl und Joseph angestrengt versuchten, ihr aufzuhelfen und die Ge-
päckstücke untereinander zu verteilen.

Ben starrte die drei ungläubig an und blickte
dann zu seiner Mutter, die ein besorgtes Gesicht
machte, obwohl ihre Mundwinkel verdächtig zuck-
ten, als unterdrückte sie ein Lächeln. Lili hingegen
fing ungeniert an zu kichern.

Kaum hatte Ben die Tür hinter ihnen geschlossen, wandte er sich entnervt Lili zu.

»Hör mal …«

»Das hier war dein Zimmer?«, fragte Lili und sah sich argwöhnisch um. Bis auf ein paar gerahmte Fotos aus Bens Kindheit sah es aus wie in einem unpersönlichen Gästezimmer.

»Ist komplett renoviert«, erklärte Ben und versuchte zu dem Thema zurückzukehren, das er eigentlich ansprechen wollte.

»Wie war es denn vorher?«

Ben seufzte. »Warum interessiert dich das?«

»Mich interessiert alles hier«, gab Lili achselzuckend zurück, als verstünde sie seine Frage nicht.

Ben nahm einen neuen Anlauf. »Darf ich dich um etwas bitten?«

Lili lächelte fröhlich. »Klar!«

»Ich weiß, dass das hier alles gewöhnungsbedürftig ist. Aber es wird mit Sicherheit noch unerträglicher werden, wenn wir uns nicht an unsere Absprachen halten.«

Lili lachte: »Ich dachte, diese PR-Geschichte vorhin war nur ein Scherz. Die hätte doch nie jemand geglaubt!«

»Nun ja …«

»Die Wahrheit ist immer die beste Lösung«, sagte Lili augenzwinkernd. »Zumindest muss man sich dabei nicht irgendwas ausdenken und befürchten, dass der andere sich verplappert.«

»Hast du deshalb zu meiner Mutter gesagt, dass du kein eigenes Zimmer willst?«

Lili warf ihm einen amüsierten Blick zu und deutete auf das Bett. »Sieht doch breit genug aus.«

Ben musterte sie unbehaglich. »Und dass ich da dann auch drin liege, ist für dich kein Problem?«

»Ich hatte gehofft, dass wir noch ein bisschen quatschen können, wenn alle anderen schlafen.«

»Quatschen?«, wiederholte Ben unbehaglich.

»Klar. Was hast du denn gedacht?«

Ben errötete. »Nichts, es ist nur …«

»Der Sessel reicht mir völlig«, unterbrach Lili ihn und zeigte auf einen sehr gemütlich wirkenden Sessel am Fenster.

Ben sah sie an und kam sich albern vor. Lili schien keine Sekunde an das gedacht zu haben, was er ihr unterstellte. »Ich kann selbstverständlich auch den Sessel nehmen«, bot er an.

»Okay«, antwortete sie und warf sich rückwärts auf das Bett, um sich wohlig auszustrecken und die Federung zu testen.

Im nächsten Moment ging die Tür auf und Marie trat ein. Als Ben sie vor zwei Monaten an ihrem dreizehnten Geburtstag gesehen hatte, war sie bemüht gewesen, besonders erwachsen zu wirken.

Heute aber sah sie aus, als wollte sie die Zeit wieder zurückdrehen. Sie trug ein dunkelviolettes Samtkleid und hatte ihre kinnlangen, kastanienbraunen Haare mit einem Haarreif gebändigt. Mit ihrem immer noch kindlichen Gesicht und den dunklen, fast schwarzen Augen wirkte sie, als wäre sie einem Zeichentrickfilm entsprungen. Aber Ben wusste, dass man Marie nicht unterschätzen durfte. Schon vor ihrem 13. Geburtstag hatte sie Phasen pubertärer Rebellion durchlaufen und eigentlich jedes Mal, wenn Ben sie gesehen hatte, nervtötende Kämpfe mit ihrer Mutter ausgefochten. Angesichts der heftigen Kritik, die Emma am Weihnachtsfest übte, war es verwunderlich, dass Marie nicht mit derselben Einstellung aufgewachsen war. Aber das Gegenteil war der Fall: Mit geradezu besessener Freude hatte Marie auf jedes Weihnachtsfest hingefiebert, entgegen aller Einwände ihrer Mutter. Ben war überzeugt, dass diese Einstellung nicht nur aus Trotz gegen die Mutter entstanden war, sondern aus echter Faszination für eine Zeit, die Friede und Harmonie versprach. Auch in den letzten Jahren, als Emma ihren Protest aufgab und mitfeierte, ohne ständig schlechte Laune zu verbreiten, hatte Marie ihren Spaß an Weihnachten nicht verloren.

Umso erstaunter war Ben nun, als Marie voller Verachtung hervorstieß: »Drei verfickte Tage noch.«

Lili setzte sich auf und starrte Marie an, als hätte die gerade mit faulen Eiern nach ihr geworfen.

»Hallo, Marie«, sagte Ben gelassen und deutete auf Lili. »Das ist …«

»Meine neue Tante?«, fiel Marie ihm ins Wort.

»Eine Freundin. Und du benimmst dich gefälligst, verstanden? Lili weiß noch nicht, dass du im Grunde deines Herzens ein feiner Kerl bist.«

Marie zog eine Grimasse und trat dann auf Lili zu, die vom Bett aufgestanden war und Marie interessiert, aber argwöhnisch im Auge behielt, als wäre sie ein niedlicher kleiner Hund, der sie jederzeit beißen konnte.

»Hallo«, sagte Marie.

»Du hasst Weihnachten?«, erwiderte Lili ohne Umschweife.

»Unsinn, sie liebt es!«, mischte sich Ben ein.

»Von wegen«, schnaubte Marie. »Alles Scheiße, nur Heuchelei, quälend ausgedehnt auf drei verdammte Tage. Als Kind muss man an einen alten, fettleibigen Sonderling glauben, der sich spitzohrige Halbwesen in einem Arbeitslager am Nordpol zur Herstellung von Geschenken hält, die er für gesellschaftskonformes Verhalten verteilt. Und als Erwachsener tut man dann so, als feierte man den Geburtstag eines Kindes, indem man sich selber was schenkt, anstatt darüber nachzudenken, dass der entsetzliche Foltermord, der auf dieses Kind wartet, heutzutage genauso wenig verhindert würde.«

Ben sah die nun erst recht entgeisterte Lili beruhigend an. »Sie nimmt dich auf den Arm.«

»Tu ich NICHT!«, protestierte Marie. Tränen stiegen ihr in die Augen, und vor lauter Wut lief ihr Gesicht rot an. »Und es war eine Scheißidee herzukommen, alles klar?«

Marie drehte sich auf dem Absatz um und stürmte aus dem Zimmer.

Lili sah Ben verständnislos an, aber der zuckte nur die Achseln. Noch bevor er etwas erwidern konnte, erschien seine Schwester im Türrahmen. Überraschend fröhlich strahlte sie Ben und Lili an.

»Na, ihr?«

»Was ist denn mit Marie?«, fragte Ben.

Emma zuckte die Achseln. »Irgendwas ist doch immer.« Sie wandte sich entschuldigend an Lili. »Ihr Vater hat mich verlassen, als ich schwanger war. Und seit ich ihr vor ein paar Jahren davon erzählt habe, gibt sie *mir* die Schuld daran. Als hätte ich ihren Vater vertrieben! Dabei ist das blöde Arschloch abgehauen, weil er nicht die Verantwortung für ein Baby übernehmen wollte! Jahrelang habe ich alles alleine managen müssen, und das muss ich auch heute noch, aber ich habe es geschafft, und zwar verdammt gut. Marie ist ein tolles Mädchen, wirklich, ich liebe sie über alles. Trotzdem steckt da natürlich auch etwas von diesem asozialen Kerl in ihr, dieses Launenhafte, Ungerechte, Unverschämte ...«

»Lass für die nächsten Tage noch ein paar Beschimpfungen übrig«, sagte Ben.

Emma seufzte und schüttelte lächelnd den Kopf. »Ihr könnt euch überhaupt nicht vorstellen, wie froh ich bin, dass Weihnachten ist. Dieses Jahr war für mich mal wieder der reinste Horror.«

Ben nickte und wollte gerade etwas dazu beisteuern, als Emma fortfuhr: »Eins ist jedenfalls klar. Marie und ich wären auf keinen Fall gekommen, wenn du nicht zugesagt hättest.«

Ben sah Emma überrascht an. »Ich hab nur zugesagt, weil Mama sagte, dass du und Marie unbedingt kommen wolltet ...«

Emma starrte ihn entgeistert an. Im nächsten Moment öffnete sich die Tür. Bevor Ben sich bei seiner Mutter wegen ihrer Lüge beschweren konnte, hielt Kirsten ihm einen Telefonhörer entgegen. »Anruf für dich.«

Ben sah sie verwirrt an. In der Agentur wusste niemand, dass er hier war. Auch seinen Freunden hatte er nicht davon erzählt. Wer also ...

»Ben?« Theresas Stimme am anderen Ende klang nervös.

»Ja?«

Ben sah, dass seine Mutter sich diskret abwandte und das Zimmer verließ. Ihm war auf einmal klar, woher Theresa von seiner Anwesenheit wusste.

»Ich wollte mich schon längst bei dir melden«, sagte sie, immer noch mit brüchiger Stimme, die verriet, wie unangenehm ihr der Anruf war. »Aber du weißt ja, wie das ist …«

»Um was geht's denn?« Bens Tonfall war kurz angebunden und verärgert. Dabei hatte er doch unverbindlich und gelassen wirken wollen.

»Ich dachte, wenn du schon hier bist … Ich hab ein Weihnachtsgeschenk für dich.«

Ben verstand gar nichts mehr. Bei ihrer Scheidung vor knapp sechs Monaten waren sie nicht als Freunde auseinandergegangen. Die Atmosphäre zwischen ihnen war so von Vorwürfen, Enttäuschungen und Beleidigungen vergiftet gewesen, dass sie nicht mal mehr im selben Aufzug hatten fahren wollen.

»Ich hab aber nichts für dich«, war das Einzige, was Ben einfiel.

»Das macht nichts. Es ist nur … Magst du vielleicht vorbeikommen?«

Ben merkte, wie er sich verkrampfte. Und dass Emma und Lili zwar unbeteiligt zur Seite schauten, aber auf jedes seiner Worte lauschten.

Er verließ das Zimmer und schloss die Tür hinter sich. Unten im Flur sah er seine Mutter mit einem Tuch über eine Kommode wischen.

»Ben?«, vergewisserte sich Theresa. »Hast du gehört, was ich …«

»Ja, ähm … *Heute* noch?«

»Bist du schon anderweitig verabredet?«

Ben schob seine Mutter in die Küche und schloss die Tür hinter ihnen.

»Hast *du* das arrangiert?«, fragte er angespannt.

Kirsten erwiderte seinen Blick und schüttelte den Kopf. »Theresa rief letzte Woche an und fragte, ob du an Weihnachten nach Hause kämst. Mehr nicht. Ich habe mich nicht mit ihr getroffen. Ich hab sie nicht einmal gesehen, seit sie wieder hergezogen ist.«

Ben zögerte. Dann wandte er sich um.

»Gehst du zu ihr?«, fragte Kirsten.

»Das heißt gar nichts«, warnte Ben.

Kirsten nickte. Als Ben die Tür hinter sich schloss, war er sicher, dass seine Mutter lächelte.

Es war deutlich kälter geworden, als Ben durch die Dunkelheit zu Theresas Elternhaus marschierte, in das sie nach ihrer Scheidung wieder eingezogen war. Es war ein kleines, frei stehendes Haus mit Spitzdach und großem Garten, der sich rings um das Anwesen erstreckte. Da es nur ein paar Straßen vom Haus seiner Eltern entfernt lag, hatte Ben sein Ziel nach wenigen Minuten erreicht.

Hinter den hübsch geschmückten Fenstern im unteren Stockwerk brannte gedämpftes Licht. Ben erinnerte sich, wie er Theresa als Jugendlicher mit Herzklopfen von zu Hause abgeholt hatte, wie er sie zum ersten Mal küsste. Mit einem Mal beschlich ihn das Gefühl, dass sie beide heute Nacht – egal, was zwischen ihnen passiert war – eine zweite Chance bekommen würden. Sein Herz fing an, schneller zu schlagen, und sein Körper fühlte sich auf einmal viel leichter an. Noch bevor Theresa die Tür öffnete, konnte er sie bereits vor sich sehen: ihr ansteckendes Lächeln, ihre Augen, die immer ein wenig traurig wirkten, ihr Haar, das sich in Kinnhöhe widerspenstig lockte und kaum von den Haarklammern hinter den Ohren gehalten wurde. Er konnte sogar den dunkelroten Pullover und den langen schwarzen Rock sehen, den sie an jenem Weihnachtsfest vor sieben Jahren getragen hatte, als sie gerade frisch verheiratet gewesen waren.

Und dann ging die Tür auf, und Ben sah, dass Theresa tatsächlich ihren dunkelroten Pullover trug, ebenso einen langen dunklen Rock, aber es war nicht der schwarze, den er kannte. Ihr Haar bauschte sich auch nicht mehr lockig hinter den Ohren auf, sondern war glatt und kürzer als früher. Über ihrer Stirn fiel es nun in einen leichten Seitenscheitel. Ihre Augen wirkten immer noch ein wenig traurig, und ihr Lächeln breitete sich erst zögerlich, aber dann umso ansteckender auf ihrem Gesicht aus. Als Ben ebenfalls zu einem Lächeln ansetzte, sah er, wie sich unter ihrem Pullover ein beeindruckender Bauch wölbte.

»Hallo, Ben«, sagte Theresa, und ihr Lächeln verlor seine Kraft, als sie Bens erschrockenem Blick folgte.

Ein paar Minuten später stand er mit ihr im Wohnzimmer. »Willst du nicht den Mantel ausziehen?«, fragte Theresa mit der gleichen brüchigen Stimme wie zuvor am Telefon.

Ben antwortete nicht, stattdessen stand er wie angefroren in der Nähe des Kamins, in dem brennende Holzscheite knackten.

Theresa seufzte leise. »Tut mir leid. Ich kann mir vorstellen, was du jetzt denkst.« Sie ging ein paar Schritte zur Seite und zupfte sinnlos an dem Adventskranz herum, der auf dem Tisch vor ihr stand. »Ich habe mich lange gefragt, ob ich es dir überhaupt sagen sollte. Aber ich wollte auf keinen Fall, dass du es von jemand anderem erfährst.« Sie suchte seinen Blick. »Und am Ende dachte ich, es wäre am besten, wenn wir uns dabei gegenüberstehen.«

Ben konnte sich immer noch nicht rühren. Heiser brachte er heraus: »Seit wann …«

»Ich bin im fünften Monat«, sagte Theresa sanft.

Ben sah sie entgeistert an.

»Ich habe Oliver kurz nach der Scheidung kennengelernt«, erklärte sie, wohl wissend, dass Ben diese Tatsache zu ihren Ungunsten auslegen konnte. »Es war nicht geplant …«

Ben lachte unsicher. »Du willst ihn hoffentlich nicht heiraten?«

Theresa fiel es nicht leicht, als sie antwortete: »Anfang des Jahres.«

Ben atmete gepresst aus.

»Ich kann verstehen, wenn du sauer auf mich bist«, sagte Theresa.

»Bist du glücklich?«, fragte Ben unvermittelt. »Mit ihm?«

Theresa sah ihn an. In diesem Augenblick rührte sich wieder Bens Hoffnung, dass Theresa ihm eigentlich etwas anderes sagen wollte – etwas, das er so gerne hören wollte und es sich doch nicht eingestehen konnte.

Doch dann nickte Theresa und sagte mit fester Stimme: »Sehr.«

»Wo ist er dann?« Ben sah sich demonstrativ um.

»Geschäftlich unterwegs«, entgegnete Theresa. »Er kommt morgen zurück.«

»Tja dann.«

Und genauso wenig, wie er sich daran erinnern konnte, wie er ins Wohnzimmer gelangt war, wusste Ben, wie er es wieder verlassen hatte. Die Kälte, die ihn draußen empfing, bemerkte er erst, nachdem er das Haus und Theresa längst hinter sich gelassen hatte. Er blickte in den märchenhaften Sternenhimmel über ihm, und seine Augen begannen zu tränen. Vom eisigen Wind natürlich, wovon sonst.

Es war kurz nach ein Uhr, als Ben nach Hause zurückkehrte. Seine Enttäuschung hatte ihn dermaßen betäubt, dass er einfach nur einen Fuß vor den anderen gesetzt hatte, ohne zu wissen, wohin ihn der Weg führen würde.

Seine Hoffnung, dass von seiner Familie niemand mehr wach sein würde, um ihn auszufragen, schien sich zu erfüllen, als er leise die Tür aufschloss und ins warme Dunkel schlüpfte. Ein paar leuchtende Weihnachtssterne halfen ihm, den Weg nach oben zu finden. Leise stieg er die Stufen empor – und zuckte zusammen. Am oberen Treppenabsatz saß eine zusammengekauerte Gestalt und weinte. Marie.

»Hey«, sagte Ben vorsichtig und setzte sich neben seine Nichte auf den Treppenabsatz.

Marie trug einen Schlafanzug, in dem sie noch

kindlicher aussah als vorhin in ihrem Kleid. Obwohl es dunkel war, konnte Ben ein weihnachtliches Muster mit Pinguinen auf Schlitten erkennen.

»Was ist los – hat jemand von dir verlangt, ein Gedicht aufzusagen?«, fragte Ben.

»Warum bist du nicht bei ihr?«, murmelte Marie. »Alle dachten, ihr feiert große Versöhnung.«

Ben stöhnte entnervt.

»Was denn?«

»Daraus wird nichts«, antwortete er. »Sie hat 'nen Neuen. Und sie ist schwanger.«

»Scheiße«, sagte Marie. »Ich vielleicht auch.«

Ben erstarrte. Fassungslos schaute er seine Nichte an.

»Was?!«, zischte Marie ärgerlich. »Ja, bei mir funktioniert alles. Biste überrascht?«

»Ähm«, fing Ben an zu stottern. »Aber …«

»Für den Typ war's das erste Mal. Obwohl er schon sechzehn ist.«

»BITTE?«

»Oh, komm«, seufzte Marie. »Ich brauch jetzt echt keinen Moralapostel.«

»Du bist erst 13!«

»Ben, die Zeiten haben sich geändert. In meiner Klasse war ich sogar eine der letzten, die ihre Unschuld verloren haben.« Sie schnaubte verächtlich.

»Unschuld verloren – jetzt rede ich schon wie 'n Scheiß-Pubertäts-Leitfaden für weltfremde Eltern. Ich habe *überhaupt nichts* verloren. Sondern eher bekommen. Ein paar echt geile Minuten. Aber wahrscheinlich auch 'n Embryo.«

Ben war sprachlos. Er wusste, dass Marie kein Blatt vor den Mund nahm. Manchmal wirkte sie auf gespenstische Weise erwachsen. Trotzdem war Marie immer noch ein Kind. Und die Situation, in der sie nun steckte, empfand er als unerträglich. Auch weil sie ihn so hilflos machte.

»Fang bloß nicht auch noch an zu flennen«, warnte Marie.

»Ich mache mir einfach ... Sorgen!«, protestierte Ben. »Und ich bin verdammt wütend auf diesen Typen!«

»Wieso? *Ich* hab ihn doch verführt.«

»Was?«

»Und wie gesagt – es war echt super.«

»Na, das freut mich aber ...«

»Ich hätt's mir auch von niemandem verbieten lassen.«

»Kann ich mir vorstellen. Aber kannst du mir eins verraten? WARUM ZUM TEUFEL HABT IHR KEIN VERHÜTUNGSMITTEL BENUTZT?«

»SCHHHHT!«, herrschte Marie ihn an. »Du bist der Einzige, dem ich's bisher gesagt habe.«

»Das heißt …?«

»Du sollst auch der Einzige bleiben. Jedenfalls bis Weihnachten vorbei ist. Ich hab echt keinen Bock, dass meine Mutter und mein Großeltern-Doppel mich noch mehr zum Heulen bringen.«

Das konnte Ben verstehen. Aber trotzdem war er mit seiner Entrüstung noch nicht fertig. »Dieser Typ …«

»Sieht echt klasse aus. Und war im Bett 'ne totale Granate. Aber sonst brennen bei dem nicht so viele Lichtchen.«

»Was willst du damit sagen?«

»Ich will auf keinen Fall, dass er anfängt, den liebevollen Papa zu spielen.«

»Hat er das etwa angeboten?«

»Er will sogar die Schule abbrechen und sich einen Job suchen, um für mich und das Baby Geld zu verdienen.« Angewidert verzog Marie das Gesicht. »Was bildet der sich eigentlich ein? Als wär das 'ne wünschenswerte Lebensperspektive: Ein minderjähriges Pärchen, dessen Kind den Schulabschluss macht, den die Eltern nicht geschafft haben. Nein, danke!«

»Und wie stellst du dir vor, dass es jetzt weitergehen soll?«

»Diese Drogerie-Tests sind doch nicht fehlerfrei. Ich geh morgen zu einem Arzt, um ganz sicher zu sein.«

»Morgen ist Heiligabend. Die meisten Praxen werden geschlossen sein.«

»Dann geh ich eben ins Krankenhaus. Ist sowieso besser – sonst verpfeift mich noch irgend so 'n Dorf-Quacksalber.«

Ben stieß erschöpft den Atem zwischen den Zähnen hervor.

Marie hielt seinen Blick fest. »Du wirst doch dichthalten, oder?«

Als Ben in sein Zimmer trat, fühlte er sich aufgekratzt und gleichzeitig ausgelaugt. Was er heute Abend erlebt hatte, erschien ihm so bizarr, als befände er sich in einem Albtraum, in dem seine schlimmsten Befürchtungen nach und nach wahr wurden. Und er hatte keine Ahnung, was er dagegen tun konnte. Natürlich hatte er Marie versprechen müssen, sie nicht zu verraten. Aber war es nicht seine Pflicht als Erwachsener, Maries Mutter die Wahrheit zu sagen? Er konnte doch unmöglich abwarten und einer 13-Jährigen die Entscheidung über ihre Zukunft überlassen. Andererseits befürchtete Ben, dass Emmas Reaktion auf die Neuigkeiten alles andere als hilfreich sein und das Vertrauen, das seine Nichte in ihn gesetzt hatte, für immer zerstören würde. Wahrscheinlich war es das Beste, wenigstens so lange den Mund zu halten, bis klar war, ob Marie tatsächlich ein Kind erwartete. Sie am morgigen Heiligabend unter dem Vorwand, letzte Weihnachtseinkäufe zu tätigen, zum Krankenhaus zu begleiten war vermutlich sein vernünftigster Einfall seit Langem.

Ben lächelte traurig: zwei Schwangerschaften am Abend vor Weihnachten – und beide hätte er am liebsten sofort rückgängig gemacht.

Ganz in Gedanken versunken zog er sich den Pullover über den Kopf und wollte sich gerade aufs Bett werfen, als er feststellte, dass Lili dort lag. Im schwachen Schein der Lichterkette sah Ben, dass sie sich behaglich unter der Decke zusammengerollt hatte. Ihr Kopf lugte heraus, und ihr rechter Arm war über die Bettkante gefallen. Eine Zeit lang betrachtete Ben die junge Frau. Ihre Anwesenheit hatte etwas Tröstendes. Wenigstens musste er diese Nacht nicht allein verbringen. Behutsam nahm er ihren Arm und legte ihn wieder unter die Decke.

Dann machte er es sich im Sessel am Fenster gemütlich. Was alles andere als einfach war. Aber irgendwann fiel Ben, beruhigt von Lilis leisem, gleichmäßigem Schnarchen, in einen gnädigen, traumlosen Schlaf.

24. Dezember

Ein durchdringendes Geräusch ließ ihn abrupt aufschrecken. Als würden die Fingerspitzen eines Skeletts gegen die Fensterscheibe klopfen. Ben öffnete die Augen. Der Sessel war noch viel ungemütlicher als gedacht. Bens Nacken und sein ganzer Rücken waren grässlich verspannt, und seine Beine kribbelten widerspenstig. Die schlechten Nachrichten vom Vorabend brauchten einen rücksichtsvollen Moment lang, um in seine Gedanken vorzudringen, aber dann taten sie es umso unnachgiebiger. Angesichts seiner finsteren Laune wäre Ben nicht verwundert gewesen, vor dem Fenster tatsächlich ein Skelett schweben und anklopfen zu sehen. Doch die Geräusche kamen von einem kräftigen Eisregen, der den Tag des Heiligen Abends nicht gerade vielversprechend beginnen ließ.

Ben erinnerte sich an sein Gespräch mit Marie und seine Auseinandersetzung mit Theresa. Woran er sich nicht erinnerte, war die Tatsache, dass er gestern Nacht die Decke vom Bett genommen und über sich gelegt hatte. Das Bett selbst war leer.

»MORGEN …«, sagte Grit mit breitem Lächeln.

»Gut geschlafen?«, fragte ihn sein Vater.

»Wohl nicht sehr lange«, kommentierte Emma.

Ben merkte, dass seine Mutter ihn beobachtete, aber betont beiläufig zur Seite guckte, als würde seine Antwort nicht sonderlich interessieren.

»Kaffee oder Tee?«, wollte Joseph wissen, der ein neues Holzfällerhemd trug, aber dieselbe Schürze wie am Vortag.

Ben bat um Kaffee und setzte sich auf den einzigen noch freien Platz am großen runden Küchentisch. Rechts von ihm saß Lili und zwinkerte ihm zu. Links von Ben saß Emma, die ihn mit unverhohlener Neugier fixierte, während sie ihm Kaffee einschenkte. Ben gegenüber, zwischen Kirsten und Carl, saß Marie. Ihr Gesicht war bleich, und die Schatten unter ihren Augen verrieten, dass sie nicht viel Schlaf bekommen hatte. Lustlos stocherte sie in einem Pfannkuchen herum und warf Ben einen vielsagenden Blick zu.

Schweigend nahm Ben eines der Brötchen. Gerne hätte er seine Ruhe gehabt. Doch Emma konnte einfach nicht lockerlassen.

»Und – was hat sie dir geschenkt?«

»Geschenkt?«

»Theresa!«, sagte Emma ungeduldig. »Du hast doch gesagt, sie wollte dir unbedingt ein Geschenk überreichen.«

Ben räusperte sich. Erst jetzt fiel ihm auf, dass er wegen seiner abrupten Flucht Theresa überhaupt keine Gelegenheit gelassen hatte, ihm das Geschenk zu geben.

»So 'n Buch«, log Ben schnell.

»Was für ein Buch?«, fragte Lili.

Ben sah sie genervt an. »Irgend 'n Krimi.«

»ICH LIEBE KRIMIS. ZEIG DOCH MAL!«, forderte Grit ihn auf.

»Ich kannte ihn schon, deshalb hab ich ihn gleich zurückgegeben.«

»Die Geste zählt«, bemerkte seine Mutter ironisch.

Ben erwiderte nichts, sondern biss lieber von seinem Brötchen ab.

»Ja, und – was war dann?«, wollte Emma wissen.

»Nichts«, sagte Ben kauend.

»Gar nichts?«, fragte Emma beharrlich.

Ben stopfte sich das nächste Stück Brötchen in den Mund und verschluckte sich beinahe. Sein Blick ging zu Marie, die sich geflissentlich aus dem Ratespiel herausgehalten und offenbar, wie von Ben gewünscht, nichts von Theresas Schwangerschaft verraten hatte.

»Wir haben uns das übrigens heute so vorgestellt«, wechselte Kirsten schließlich das Thema. »Heute Mittag essen wir eine Kleinigkeit …«

»Ein leichtes Schaumsüppchen«, erklärte Joseph.

»SCHÖN LEICHT – PRIMA! HEUTE ABEND GEHT'S JA GLEICH AUF DIE HÜFTEN!«, freute sich Grit.

»Wieso, was gibt's denn heute Abend?«, fragte Lili.

»Gefüllte Weihnachtsgans«, sagte Joseph stolz. »Mit Semmelknödeln und Rotkraut – natürlich alles selbst gemacht.«

»Ach, so ganz traditionell«, sagte Carl, ohne sich Mühe zu geben, euphorisch zu klingen.

»DU MAGST ES DOCH TRADITIONELL!«, sagte Grit und boxte Carl in die Seite.

»Ja, früher hattest du nie Probleme damit«, bekräftigte Kirsten mit freundlichem Lächeln.

»Ich dachte ja nur«, sagte Carl.

»Was?«, fragte Joseph.

»Lass mal. Auch solide Hausmannskost muss man erst mal hinkriegen.«

Joseph lächelte säuerlich.

»Vorher, dachten wir, wäre es bestimmt ganz schön, mal wieder in die Kirche zu gehen«, wechselte Kirsten das Thema.

»Mir ist schlecht«, sagte Marie.

»Bestimmt die Pfannkuchen«, murmelte Emma.

»Was soll mit denen nicht stimmen?«, fragte Joseph gereizt.

»Es stimmt alles damit«, beschloss Kirsten ein wenig ärgerlich.

»Sind schon ein bisschen fettig«, fand Emma.

Joseph starrte sie an. »Fettig?«

Emma zuckte die Achseln. »Normalerweise kriegt Marie so was nicht zum Frühstück.«

»ZU HASTIG GEGESSEN, DAS IST ALLES!«, folgerte Grit.

»Sie hat doch kaum was angerührt«, erwiderte Joseph.

»Vielleicht hat sie sich was eingefangen«, überlegte Carl.

»Ja, vielleicht«, sagte Marie schnaubend und warf Ben einen vielsagenden Blick zu. Kirsten fühlte auf Maries Stirn nach Fieber.

»Was war das eben von wegen Kirche?«, fragte Ben, um Marie aus dem Zentrum der Aufmerksamkeit zu befreien.

»Ich weiß, ihr findet das vielleicht altmodisch und spießig«, seufzte Kirsten, »aber als Kinder fandet ihr es immer so schön dort. Zu Weihnachten. Mit dem riesigen Baum und der ellenlangen Lichterkette, die Papa dort jedes Jahr anbringt.«

»DIESES JAHR AUCH WIEDER!«

»O Gott«, stieß Emma hervor, während sie ihre Tochter mit argwöhnischem Blick musterte. »Musst du dich etwa übergeben?«

»Quatsch!«

»Ich seh's dir doch an – du machst immer dieses Gesicht, wenn du kurz davor bist.«

»Was für …«, begann Marie protestierend. Dann sprang sie plötzlich auf und stürmte aus der Küche.

»IHR GEHT'S BESTIMMT BESSER, WENN'S ERST MAL RAUS IST«, glaubte Grit.

»Also, an meinen Pfannkuchen liegt's nicht«, wiederholte Joseph.

Emma stand auf, um Marie hinterherzugehen.

»Vielleicht war die Milch ja sauer«, gab Carl zu bedenken.

Kirsten warf ihrem Ex-Mann einen entnervten Blick zu und nahm die Gabel, um sie in die Reste von Maries Pfannkuchen zu stechen und selber davon zu kosten.

Nun war es Grit, die das Thema wechselte. »ALSO, ICH FINDE, WIR SOLLTEN *UNBEDINGT* IN DIE KIRCHE! IST DOCH WEIHNACHTEN!«

»Ich fänd's ja auch ganz schön«, sagte Carl. Kirsten winkte kauend ab. »Aber wenn die Kinder nicht …«

»WAS SAGEN SIE DENN DAZU?«, wollte Grit von Lili wissen, die das außer Kontrolle geratene Tischgespräch mit aufrichtigem Interesse still verfolgt hatte.

»Also, ich würde sehr gern diese Kirche sehen. Und den Baum mit den Lichterketten.«

Carl lächelte zufrieden. Im nächsten Moment begann Kirsten nach Luft zu schnappen.

»Kirsten?«, fragte Carl.

»Schatz?«, vergewisserte sich auch Joseph sofort.

Kirsten musste husten. Immer wieder versuchte sie zu schlucken, löste damit aber einen neuen Hustenreiz aus, der nur zu einem weiteren Keuchen führte.

»MEIN GOTT, SIE ERSTICKT!«

»Ganz ruhig!«, riet Carl.

»Arme hoch!«, verlangte Joseph.

»IST WOHL DOCH WAS MIT DEN PFANNKUCHEN?«

»IST ES NICHT!«, fauchte Joseph zurück, während Kirstens Gesicht rot anlief.

»Mama?« Ben sah seine Mutter an, die nach einer Kaffeetasse griff, um den stecken gebliebenen Klumpen in ihrem Hals mit Flüssigkeit herunterzuspülen, doch ihre Hand stieß dabei versehentlich die Tasse um.

Im nächsten Moment war Lili bei ihr. Instinktiv legte sie von hinten die Arme um Kirstens Bauch, verschränkte die Hände und drückte von unten auf

Kirstens Magen. Kurz darauf flog ein halb zerkauter Klumpen Pfannkuchenmasse über den Tisch und klatschte neben Ben gegen die Küchenwand.

Kirsten hustete noch ein paar Mal, konnte aber endlich wieder durchatmen.

Während die anderen am Tisch vor Schreck und Verwirrung immer noch erstarrt waren, umarmte Lili Kirsten und drückte ihr einen überraschenden Kuss auf die Wange.

»Danke«, krächzte Kirsten.

»Jederzeit«, grinste Lili.

Ben hatte gerade das Wasser in der Dusche angestellt, als jemand die Badezimmertür aufriss.

»Was ist los mit Marie?«

»Keine Ahnung – und würdest du mich jetzt bitte allein lassen?«, rief Ben entnervt, aber seine Schwester ließ sich davon leider nicht verscheuchen. Stattdessen betätigte sie die Klospülung. Der dadurch ausgelöste Abfall der Wassertemperatur ließ Ben gequält aufstöhnen.

»Emma, verdammt noch mal …«

»Ihr beide verschweigt mir doch irgendwas!«

»Ich weiß nicht, was du meinst.«

»Meine Tochter *kann* vor mir nichts geheim halten.«

»Warum fragst du dann?«, gab Ben zurück. Er

hörte, wie Emma das Fenster öffnete und jetzt auch noch eisige Luft hereinließ.

»Ich hatte schon gestern die Befürchtung, sie brütet irgendwas aus«, fuhr Emma fort. »Aber als ich ihr gerade vorgeschlagen habe, mit mir zum Arzt zu gehen, hat sie mich plötzlich aufs Übelste beschimpft, sie wäre kein Kind mehr.«

Ben drehte das heiße Wasser weiter auf und hoffte vergeblich, dass seine Schwester ihn endlich allein lassen würde.

»Sie benimmt sich schon seit ein paar Wochen so komisch«, murmelte Emma aufrichtig besorgt.

»Ist bloß das Alter«, versuchte Ben abzulenken.

Emma setzte sich auf den geschlossenen Klodeckel. »Ich hab meinen Job verloren.«

Ben schwieg. Emma hatte nach einer abgebrochenen Ausbildung als Krankenschwester zahlreiche Aushilfsbeschäftigungen annehmen müssen, erst recht, als Marie zur Welt gekommen war und Emma kaum Zeit blieb, sich beruflich neu zu orientieren.

Ben steckte den Kopf aus dem Duschvorhang. »Emma …«, begann er, obwohl er nicht wusste, wie er seine Schwester trösten sollte.

Sie schüttelte den Kopf. »Eigentlich wollte ich es dir gar nicht sagen.« Sie wischte sich die Tränen aus den Augen und stand auf. »Übrigens weiß bislang niemand davon. Behalt's also bitte für dich, okay?«

Emma ging zur Tür. Bevor sie nach draußen trat, wandte sie sich noch einmal um. »Wenn Marie dir doch noch irgendwas anvertraut und ich da aus irgendeinem Grund unbedingt rausgehalten werden soll …«

Ben versuchte, Emmas Blick so unschuldig wie möglich zu begegnen.

»Lass nicht zu, dass sie aus einer kleinen Dummheit ein Riesendesaster macht. Ich wüsste nicht, wie ich das jetzt auch noch verkraften sollte.«

Ben lief ein Schauer über den Rücken, der nicht von der kalten Luft auf seinem nassen Körper herrührte.

»Ich red gleich mal mit ihr«, schlug Ben vor.

»Kannst du nicht«, sagte Emma. »Sie ist eben aus dem Haus gestürmt.«

Bens Haare waren noch feucht, als er nach draußen trat und durch den immer noch fallenden Eisregen die Straße hinuntereilte. Er zog den Kragen seines Mantels enger um seinen Hals und fluchte, als er auf dem bereits anfrierenden Boden beinahe ausrutschte. Dass Marie angespannt war, konnte er verstehen. Dass sie von ihm erwartet hatte, ihr Geheimnis auch gegenüber ihrer Mutter zu bewahren, ebenfalls. Aber dass Marie ihr eigenes Versprechen gebrochen hatte, demzufolge sie nicht allein,

sondern zusammen mit ihm zum Krankenhaus aufbrechen sollte, machte Ben wütend.

»Hast du nicht irgendwas vergessen?«

Ben zuckte zusammen. Neben ihm war plötzlich
Lili aufgetaucht – mit einem großen bunten Regenschirm. Er erinnerte Ben verdächtig an den, den Lili
im Lederwarengeschäft vor seinen Augen herum-
gewirbelt hatte.

»Hab gar nicht gesehen, dass du den gekauft hast«,
wunderte sich Ben.

»Hab ich auch nicht«, erklärte Lili. »Aber deine
Mutter besitzt genau den gleichen.«

Ben wusste nicht, ob Lili ihn anlog. Aber das war
ihm jetzt auch egal.

»Du, ich muss da was allein erledigen.«

»Was denn?«

»Ist privat.«

»Geht's um Maries Schwangerschaftstest?«

Ben starrte Lili verblüfft an.

Sie zuckte die Achseln. »Wir waren heute Morgen beide früh wach.«

Ben seufzte ärgerlich. »Sie sollte doch auf mich
warten.«

»Sie hat panische Angst, Ben. Am liebsten wäre
sie noch vor dem Frühstück losgegangen, aber ich
konnte sie überzeugen, dass das erst recht Aufmerksamkeit auf sie gelenkt hätte.«

Ben musterte Lili. »Dass sie dich einfach so ein-
weiht ...«

Lili zuckte die Achseln. »Anscheinend habe ich
irgendwas an mir, das die Leute vertrauenswürdig
finden.«

Ben lief weiter, und Lili versuchte, nicht nur mit
ihm Schritt zu halten, sondern gleichzeitig auch
noch den Schirm über seinen Kopf zu balancieren,
was angesichts ihres Größenunterschieds nicht einfach war.

Nach einer Weile nahm Ben ihr den Regenschirm
ab und hielt ihn so, dass sie beide nicht nass wurden. Als er ein zweites Mal auf dem glatten Bürgersteig ins Rutschen geriet, hakte Lili ihn unter.
Gemeinsam kamen sie sehr viel schneller voran.

»Wie war noch mal der Name?«, wollte die Krankenschwester von Ben wissen.

»Marie Senger.«

Die Krankenschwester seufzte. Sie wirkte, als hät-
te sie seit Jahren keine Nacht mehr durchgeschlafen.
»Also, bei mir war sie nicht.« Sie musterte Ben und
Lili. »Ihre Tochter?«

»Meine Nichte«, verbesserte Ben eilig.

»Und was wollte sie hier?«

Ben zögerte. »Einen Schwangerschaftstest machen«, sagte Lili ungerührt.

Die Krankenschwester sah Ben und Lili mitleidig an, entdeckte dann eine Kollegin, die am anderen Ende des Korridors aus einem Zimmer gekommen war. »Ich frag mal herum.«

Während die Krankenschwester auf ihre Kollegin zumarschierte, setzte Lili sich auf einen der wackeligen Stühle in der Warteecke und griff neugierig nach den zerlesenen Zeitschriften, die auf einem kleinen Tisch lagen. Ben wanderte nervös hin und her.

»Wenn sie nicht hier ist …«

»Ist sie bestimmt«, sagte Lili.

»Aber wenn nicht …«

»… ist sie woanders.«

»Ja, genau. Vielleicht am Bahnhof. Um sich vor einen Zug zu werfen.«

Lili sah von ihrer Zeitschrift auf. »Jetzt beruhig dich mal.«

»Wieso?«, fauchte er sie an. »Hast du nicht selber gesagt, dass sie panische Angst hatte? Verdammt, wie konnte ich so blöd sein, das Ganze dermaßen zu unterschätzen?«

»Sie ist hier.«

»Das kannst du überhaupt nicht wissen!«

Lili seufzte.

»Verstehe«, setzte Ben nach, »du bist vermutlich mehr so der Typ, der immer daran glaubt, dass alles gut wird, richtig?«

Lili sah ihn traurig an. »Nein«, sagte sie langsam.

Ben konnte ihren Blick nicht ertragen und wandte sich ab. Vor ihm trat eine Frau aus dem Behandlungszimmer. Ben erschrak. Es war Theresa.

»Hallo«, sagte Ben.

Theresa musterte ihn überrascht und entdeckte dann Lili, die ihre Zeitschrift beiseite legte, um der Situation ihre volle Aufmerksamkeit zu widmen und – zu Bens Leidwesen – auch noch Theresa lächelnd zu winken.

»Eine alte Freundin«, sagte Ben. »Sie fühlte sich nicht gut. Wir warten auf einen Arzt.«

Bevor Lili etwas einwerfen konnte, führte Ben Theresa ein paar Schritte weiter. »Hör mal, wegen gestern Abend …«

»Ich hatte nicht damit gerechnet, dass du die Nachricht gelassen aufnehmen würdest.«

»Trotzdem …« Ben rang um die richtigen Worte. »Dass du es mir überhaupt sagen wolltest, persönlich …« Ihm fiel auf, dass Theresa eine Hand auf ihren Bauch legte.

»Alles in Ordnung?«, fragte er.

Theresa nickte. »Heute Morgen dachte ich zwar … Ist aber alles so, wie es sein sollte.« Sie versuchte ein Lächeln.

Eine Zeit lang schwiegen sie angespannt. Dann deutete Theresa zurück zu Lili, die die beiden von

der Warteecke aus immer noch unverhohlen beobachtete.

»Eine alte Freundin?«, fragte Theresa nachdenklich.

»Na, ja – so alt …«

»Ben. Du musst mich nicht anlügen. Freut mich
doch, wenn du jemanden gefunden hast.«

Ben seufzte. »Lili ist nicht … sie ist … weißt du,
Lili, ähm …« Während er herumstotterte, fing er
Lilis Blick auf und hatte plötzlich eine Antwort, die
sich zumindest für ihn absolut richtig anfühlte.
»Sie ist für mich mehr so was wie eine kleine
Schwester.«

»Weiß sie auch schon davon?«

»Willst du sie mal fragen?«, erwiderte er kälter als
beabsichtigt.

Theresa warf Ben einen vielsagenden Blick zu,
den Ben nur allzu gut kannte. Er hatte diesen Blick
oft abbekommen. In den Monaten, bevor Theresa
die Scheidung eingereicht hatte. Er wusste, dass er
diesen Blick selber verschuldet hatte. Die Verlet-
zung, die darin lag, war von Tag zu Tag Resignation
gewichen, und Ben hatte sich große Mühe geben
müssen, sein schlechtes Gewissen zum Schweigen
zu bringen.

Jetzt kam das schlechte Gewissen zurück. Und
Ben wusste nicht, ob das ein gutes Zeichen war.

Die Krankenschwester beschlich ein ungutes Gefühl. Warum stand dieser Mann nun plötzlich mit einer anderen Frau zusammen? Noch dazu mit einer, die schwanger war? Irgendwas ging zwischen diesen beiden vor, und die wesentlich jüngere Begleiterin des Mannes, die in die Warteecke verbannt schien, beobachtete den Streit mit sichtlichem Unbehagen.

»Ich habe das Mädchen ausfindig gemacht«, begann die Krankenschwester. »Aber das Testergebnis wird frühestens morgen Vormittag vorliegen. Auch im Labor haben die heute Weihnachten, verstehen Sie?«

Ben führte die Krankenschwester weg, damit Theresa nicht hören konnte, was er sagte: »Hören Sie, es ist sehr dringend! Also sagen Sie Ihrem Kollegen im Labor, er soll verdammt noch mal seinen Glühwein beiseite stellen und sich endlich an die Arbeit machen!«

Die Krankenschwester musterte ihn beleidigt und angesichts seines Wutausbruchs noch misstrauischer als zuvor. »Können Sie sich eigentlich ausweisen?«

»Was?«

»Na, weiß ich, warum Sie wirklich hier sind? Und in welchem Verhältnis Sie zu dem Mädchen stehen?«

»Selbstverständlich kann ich mich ausweisen, aber …«

»Vielleicht sollte ich lieber meinen Chef holen«, sagte die Krankenschwester.

»Was ist denn hier los?«, fragte der Arzt, der auf den lauten Wortwechsel aufmerksam geworden war.

»Der Mann hier hat sich nach dem Ergebnis eines Schwangerschaftstests erkundigt, den wir bei einer 13-jährigen Patientin durchführen müssen.«

Theresa starrte Ben an. Er machte eine hilflose Geste, die ihr bedeuten sollte, dass alles ganz anders war, und wandte sich an den Arzt und die Krankenschwester. »Das lässt sich alles ganz leicht aufklären.«

»Das hoffe ich«, erwiderte der Arzt angewidert.

»Ich bin bloß der Onkel«, sagte Ben.

»Ja, und?«, empörte sich die Krankenschwester lauthals.

»Wir kennen diese Fälle«, fügte der Arzt kühl hinzu.

»Das ist ein Missverständnis«, seufzte Ben, immer noch bemüht, das Gespräch so leise und schnell wie möglich zu beenden. »Meine Nichte hatte mich vor lauter Angst gebeten, sie zu begleiten …«

»Ach, hören Sie doch auf mit diesen albernen Rechtfertigungsversuchen!«, stauchte ihn der Arzt zusammen.

Ben sah, dass Theresa zu Lili hinübergegangen war und angefangen hatte, sich mit ihr zu unterhalten – über ihn, wie ihre Blicke verrieten.

»Hören Sie«, versuchte Ben es erneut. »Fragen Sie doch einfach meine Nichte, die wird Ihnen alles bestätigen.«

»Ja klar, aus Angst«, zischte die Krankenschwester, sah den Arzt an und nickte abfällig zu Ben hinüber. »Wahrscheinlich ist sie vor ihm geflüchtet.«

Der Arzt nahm Bens Arm in einen Klammergriff. »Sie kommen jetzt erst mal mit.«

»Das soll wohl ein Scherz sein.«

»Ich habe eine 24-Stunden-Schicht hinter mir«, polterte der Arzt los. »Glauben Sie, ich bin in der Stimmung für so was?«

Ben versuchte sich loszureißen, doch nun griff die Krankenschwester nach seinem anderen Arm und hielt den ebenso eisern fest.

»Lassen Sie mich los!«, protestierte Ben, während der Arzt und die Krankenschwester ihn bereits den Korridor hinunterführten.

»Alles zu seiner Zeit«, gab der Arzt unbeeindruckt zurück.

Ein letztes Mal sah Ben über seine Schulter zurück. Theresa und Lili sahen ihm staunend hinterher.

»Scheiße«, schnaubte Marie matt.

Ben, der fast eine ganze Stunde lang im Beisein eines bulligen Polizisten in der stickigen engen Kleiderkammer gewartet hatte, erwartete das Schlimmste.

»Vor morgen erfahre ich nichts. Der Idiot im Labor macht erst mal nur die Fälle, bei denen vielleicht jemand abkratzt.«

Ben stieß erschöpft seinen Atem hervor und fuhr sich über das Gesicht.

»Na, auf den einen Tag kommt's auch nicht mehr an«, sagte Marie. »Wo ich schon seit sechs Wochen nicht richtig Bescheid weiß …«

»Seit *sechs* Wochen?«

»Ungefähr. So regelmäßig kommt meine Periode noch nicht.«

Ben sah aus, als hätte er einen Marathonlauf hinter sich und gerade die Nachricht bekommen, dass er in die falsche Richtung losgelaufen war.

»Ach, übrigens«, sagte Marie. »Wir können jetzt verschwinden. Die Polizei will zwar vorsichtshalber unsere Personalien behalten, hat aber sowohl dich als auch mich als vorerst glaubwürdig eingestuft.«

Ben sah Marie an. Er liebte seine Nichte. Nur in diesem Augenblick nicht. »Warum, zum Teufel, konntest du heute Morgen bloß nicht auf mich warten?«

Marie sah ihren Onkel an.

»Weißt du«, sagte Marie sanft, »ich hatte einfach das Gefühl, du hast im Augenblick genug eigene Probleme.«

Wenigstens hatte der Eisregen aufgehört, als Ben, Lili und Marie das Krankenhaus verließen. Marie ging ein paar Schritte voraus und erzählte per Handy ihrer Mutter die Ausflucht, auf die sie und Ben sich schon am Vorabend geeinigt hatten: dass sie nämlich das Haus verlassen hatte, um noch ein paar letzte Weihnachtsgeschenke zu kaufen.

Ben war immer noch so sauer auf Marie, dass ihm egal war, wie glaubwürdig sie auf ihre Mutter wirkte. Aber im Augenblick ging ihm etwas ganz anderes durch den Kopf. Im Krankenhaus hatte Lili die Zimmernummer seines ehemaligen Schulkameraden Michael Hagedorn in Erfahrung gebracht. Doch Ben hatte abgelehnt, ihn zu besuchen.

»Ich versteh das nicht – du hättest wenigstens ein paar Minuten bei ihm reinschauen können.«

»Nach dem ganzen Trubel heute Morgen wäre ich keine gute Gesellschaft gewesen«, sagte Ben.

»So ein Quatsch. Du drückst dich. Hat Theresa auch gesagt.«

Ben sah Lili zornig an. »Hast du dich mit ihr jetzt auch schon angefreundet?«

»Wir haben nur ein bisschen geplaudert. Ich hab ihr erklärt, warum du wirklich im Krankenhaus warst.«

»Na großartig. Zu schade, dass du's nicht diesem Arzt und der Krankenschwester erklären wolltest!«

»Wieso hätten die mir glauben sollen?«

»Wieso hat Theresa dir geglaubt?«

Lili sah ihn mitleidig an. »Weil sie dich lange genug kennt und dir nichts Böses unterstellt.«

Ben schüttelte ungläubig den Kopf. Wieso konnte Lili nicht einfach mal den Mund halten? Warum musste sie jedem ständig die Wahrheit sagen? Andererseits musste er zugeben, dass sie damit bislang jede Situation besser bewältigt hatte als er – mit seinem Hang zum Herunterspielen und Ausweichen.

»Allerdings war Theresa durchaus enttäuscht, wie wenig du dich verändert hast«, fügte Lili hinzu, als wäre sie selber deswegen geknickt.

»Was soll das heißen?«

»Ganz einfach: Du wolltest ihr die Sache mit Marie verheimlichen, weil du ihr nicht vertraust. Und wie Theresa mir gesagt hat, wäre das ein grundsätzliches Problem deinerseits gewesen.«

Ben blieb stehen. »Wie bitte?«

Lili seufzte. »Du hast dich immer mehr von ihr zurückgezogen. Und sie abgeblockt, wenn sie versucht hat, mit dir zu reden.«

»Blödsinn«, knurrte Ben und stapfte wütend weiter.

»Warum hast du ihr nicht mehr vertraut?«, hakte Lili nach.

Ben antwortete nicht.

»Sie hat dich nie betrogen. Aber in deiner Angst, sie zu verlieren, warst du vor lauter Eifersucht für die Wahrheit wohl nicht mehr zugänglich.«

»Ich will nicht darüber reden.«

»Genau – das war euer Problem.«

»VERDAMMT NOCH MAL!«, herrschte Ben Lili an, sodass sie vor Schreck zusammenzuckte. »HABE ICH DICH EINGELADEN, IN MEINEM LEBEN HERUMZUPFUSCHEN?«

Lili presste ihren Mund zu einer schmalen Linie zusammen und musterte Ben voller Zorn.

»Soll ich lieber gehen?«, fragte Lili schließlich leise.

Ben schnaubte ärgerlich. Fast hätte er »ja« gesagt. Lilis Vorwitzigkeit raubte ihm noch den letzten Nerv. Aber nachdem er Theresa bereits vor den Kopf gestoßen hatte, wollte er nicht dasselbe auch mit Lili tun. So kaltherzig war er schließlich nicht. Er war nur manchmal ein wenig – schroff. Aber hatte er nicht auch genügend Gründe dazu? Ohne auf Lilis Frage zu antworten, ging er weiter.

Bis sie am Haus seiner Eltern angekommen waren, verlor auch Lili kein Wort mehr.

Am Haus angekommen, drehte Marie sich zum ersten Mal wieder zu Ben und Lili um. Nach dem Telefonat mit ihrer Mutter war sie den Rest des Weges schweigend weitergegangen. Ben vermutete, dass Marie in ihre eigenen Gedanken versunken gewesen war, denn nun schien tatsächlich ein Schleier von ihrem Gesicht verschwunden zu sein, als hätte sie eine Entscheidung getroffen, um die sie unterwegs gerungen hatte.

»Ich werde das Testergebnis erst nach den Feiertagen abfragen. Und bis dahin soll Weihnachten sein. Richtig Weihnachten. Ist das okay?«

Ben schüttelte den Kopf. »Marie, du kannst doch nicht ernsthaft erwarten …«

»Ben«, mahnte Lili leise.

Ben warf ihr einen mitleidigen Blick zu. »Mag ja sein, dass *du* so etwas ausblenden kannst. Aber ich nicht.«

»Aber sie will es versuchen«, unterbrach ihn Lili. »Warum willst du das nicht auch?«

Ben fielen auf Anhieb mehrere Antworten ein. *Weil Maries Schwangerschaft ein Desaster wäre?*

Weil ihre Mutter mir zu Recht Vorhaltungen machen wird, wenn sie erfährt, dass ich dieses kleine Geheimnis gewahrt habe?

Weil ich nun jedes Mal, wenn ich meine Nichte sehe, an Theresas kleines Geheimnis denken muss?

Lili sah Ben beschwörend an. Fast konnte er ihre Stimme in seinem Kopf hören: »Es könnte das letzte Jahr sein, in dem sie nicht erwachsen sein muss ...«

Nachdenklich betrachtete er seine Nichte. In ihrem roten Daunenanorak und dem um den Hals gewickelten blauen Schal sah sie so kindlich aus, dass jeder Gedanke an das vielleicht gerade in ihrem Bauch heranwachsende Baby absurd erschien.

»Ben?«

Er sah Lili an und murmelte schließlich sein Einverständnis.

Marie strahlte ihn an, dann Lili, bevor sie sich umdrehte und zur Haustür rannte, um zu klingeln und kurz darauf ihrer Mutter in die Arme zu fallen. Der Blick, den Emma Ben zuwarf, schien genauso Dankbarkeit wie Misstrauen auszudrücken.

»Das kann nicht gut gehen«, sagte Ben, als Emma mit ihrer Tochter im Inneren des Hauses verschwunden war.

Lili griff nach seiner Hand und drückte sie. »Manchmal muss man trotzdem daran glauben.«

»Nicht gerade meine Spezialität.«

»Und wieso nicht?«

Ben wollte gerade zu einer Antwort ansetzen, als sein Blick an Lili vorbeiging und er sie ungestüm hinter eine Hecke zog. Dort ging er mit ihr in Deckung.

»Ben ...«

»Schhhht!«

Vorsichtig spähte er über den Rand der Hecke auf die Straße, an deren Ende zwei Gestalten standen und sich umarmten.

Joseph und Grit.

Lili musste sich auf die Zehenspitzen stellen, um überhaupt über die Hecke schauen zu können. Joseph und Grit lösten sich gerade voneinander.

Ben warf Lili einen vielsagenden Blick zu.

»Völlig harmlos«, flüsterte sie.

»Das werden wir sehen.«

»Du willst das doch wohl nicht gleich deinen Eltern erzählen!«

»Wenn's doch völlig harmlos ist?«

»Halt dich da raus«, zischte Lili.

Aber Ben marschierte schon auf die Haustür zu.

»BEN!«, rief Lili richtig wütend, was ihn dermaßen irritierte, dass er stehen blieb und sich zu ihr umdrehte. Lili hatte ihre Hände zu Fäusten geballt und war so angespannt, dass sie zittern musste.

Aber Ben wollte ihr keine Zeit geben, ihn umzustimmen.

Er stürmte ins Wohnzimmer und fand dort seinen Vater. Carl war gerade dabei, eine weitere Lichterkette an einem in der Mitte des Raums stehenden großen Weihnachtsbaum anzubringen.

»Ihr habt das Schaumsüppchen verpasst«, sagte Carl ruhig.

Ben lächelte nicht. Er versuchte, die richtigen Worte zu finden.

»Joseph war ganz geknickt«, fuhr Carl indessen fort. »Danach musste er erst mal 'ne Runde um den Block. Und irgendwie kommt er gar nicht wieder. Grit ist schon los, um ihn zu suchen.«

Jetzt hätte Ben am liebsten gelacht. Die Umarmung von Joseph und Grit hatte sicher nichts mit einem verschmähten Mittagessen zu tun. Oder? Nein, sie hatten bloß nach einem Vorwand gesucht, sich gemeinsam aus dem Haus zu stehlen und dann …

»DA BIST DU JA WIEDER!«

Ben schnellte herum, aber zu spät – Grit drückte ihn bereits an ihren riesigen Busen.

»WIR DACHTEN SCHON, IHR VERSTECKT EUCH, BIS WEIHNACHTEN VORBEI IST!« Jetzt boxte Grit ihm auch noch in die Seite.

Ben löste sich von Grit, so schnell er konnte, und taumelte dabei ein paar Schritte zurück, sodass er fast in den Weihnachtsbaum hineingestolpert wäre. Aber sein Vater fing ihn auf.

»ER IST JA GANZ BLEICH«, sagte Grit, während sie Ben argwöhnisch musterte. »NICHT, DASS ER SICH JETZT AUCH NOCH BEI DER KLEINEN ANGE-STECKT HAT!«

»Sie ist nicht krank!«, zischte Ben.

Dann trat Joseph ins Zimmer. »Hallo, Ben«, sagte er, und Ben fragte sich, ob er ein wenig finsterer klang als sonst.

Ben fluchte innerlich. Es war feige, aber Auge in Auge mit Grit und Joseph konnte er seinem Vater nicht schildern, was er zu sehen geglaubt hatte.

Zum Glück blieb ihm eine Alternative.

Als Ben das Schlafzimmer im oberen Stockwerk betrat, saß seine Mutter mit dem Rücken zu ihm auf dem Teppichboden.

»Mama?«

Kirsten räusperte sich. Als sie aufstand und sich zu ihm umdrehte, sah Ben, dass sie geweint hatte.

»Was ist los?«, fragte Ben vorsichtig.

Kirsten machte eine wegwerfende Handbewegung, als wären ihre Tränen nicht der Rede wert.

Ben beobachtete, wie seine Mutter ein Fotoalbum vom Boden aufhob, in einen Schrank zurückstellte und sich dann wieder mit einem gezwungenen Lächeln ihrem Sohn zuwandte.

»Schön, dass sich das mit Marie aufgeklärt hat«, sagte Kirsten.

»Bitte?«

»Ihr wart bloß Weihnachtsgeschenke kaufen, hat Emma gesagt.«

Ben nickte unbehaglich. Er deutete zum Schrank. »Fotos von früher?«

Kirsten nickte. »Schön war's.« Sie schniefte kurz, lächelte dann. »Aber heute ist's auch schön.«

Ben zögerte. Waren ihre Tränen wirklich nur die Folgen weihnachtsbedingter Nostalgie?

»Ben?«, fragte Kirsten, während sie ihn besorgt musterte. »Ist irgendetwas?«

Ben spannte sich an und fragte sich plötzlich: Was genau hatte er gesehen? Eine Umarmung. Na und? Warum sollte er seiner Mutter davon erzählen? Wollte er unbedingt Ärger verursachen? Hatte er insgeheim auf eine solche Chance gewartet?

»Mach dir keine Sorgen«, sagte seine Mutter. »Ich weiß schon, was du sagen willst.«

Ben starrte seine Mutter entsetzt an.

»Ich hab auch keine Lust, in die Kirche zu gehen«, fuhr Kirsten fort. »Wird bloß furchtbar voll sein. Und der Pfarrer spult jedes Jahr dieselbe Predigt ab.«

Ben seufzte. »Mama …«

»Dein Vater ist sowieso noch mit der Lichterkette beschäftigt. Er will auch hier bleiben. Emma und Marie bestimmt ebenfalls. Ich könnte mir denken, dass Lili und du genauso wenig Lust habt.« Sie zuckte die Achseln. »Dann gehen Joseph und Grit eben allein.«

»Nein!«, stieß Ben plötzlich hervor. »Wir gehen alle in die Kirche. Alle zusammen.«

Kirsten lächelte überrascht. »Wirklich?«

Ben erwiderte ihr Strahlen und nickte. Es war schließlich viel zu früh für Verdächtigungen. Noch hatte er nicht genug gesehen. Überhaupt – was ging ihn das Beziehungsleben seiner Eltern an? Er wollte auch nicht, dass sie sich in seines einmischten. Außerdem durfte er auf keinen Fall Marie vergessen – schließlich hatte er ihr noch vor wenigen Minuten ein vielleicht letztes sorgenfreies Fest der Liebe versprochen. Und dieses Versprechen würde er halten.

Joseph und Grit sollten es gefälligst nicht wagen, ihm dabei in die Quere zu kommen.

Der riesige Weihnachtsbaum, der in der Nähe der Kanzel stand, leuchtete prächtig dank der unzähligen kleinen Glühbirnen, die sein Vater in mühsamer Kleinarbeit daran angebracht hatte. Die Luft war erfüllt vom Widerhall mächtiger Orgelklänge, die die Stimmen der Kirchgänger zu einem majestätischen »O du Fröhliche« vorantrieben. Inmitten der bis auf den letzten Platz besetzten Bänke hatte Ben tatsächlich das Gefühl, einer magischen Gemeinschaft anzugehören.

Er fragte sich, warum er so lange nicht mehr in der Kirche gewesen war. Hätte man ihn gefragt, ob er gläubig ist, hätte Ben das gar nicht genau sagen können. Genau genommen hatte er keinen Grund, es nicht zu sein. Anders als seine Schwester Emma, die spätestens nach dem Verschwinden von Maries Vater mit ihrem Glauben auf dem Kriegsfuß stand, musste Ben zugeben, dass sein Leben bislang ohne größere Schicksalsschläge verlaufen war. Es gab vieles, für das er dankbar sein konnte. Und die Misserfolge gingen vornehmlich auf sein eigenes Konto.

Aber Ben hatte sich immer viele Fragen gestellt. Deshalb schien es nicht weiter verwunderlich, dass er mit zunehmendem Alter auch die Existenz Gottes, so wie sie den meisten von der Kindheit an vermittelt wird, zu hinterfragen begann. Konnte es wirklich sein, dass Gott eine Art gutmütiger Großvater war, mit langem weißem Bart, der über den Wolken hinter riesigen Pforten saß und die Geschicke der Menschheit nach seinem Willen lenkte? Waren Kriege, grausame Todesfälle und Krankheiten tatsächlich Elemente eines übergeordneten Plans, den die Menschen zu akzeptieren hatten? Durften sie nur dann am Ende in eine Art himmlischen Naturschutzpark einziehen, in dem man alle Verstorbenen wiedertraf?

Oder waren diese Versprechungen letztlich nur ein verlogenes Verkaufsargument, mit dem alle Religionen versuchten, möglichst viele Anhänger auf ihre Seite zu bringen? Was wäre, wenn nach dem Tod überhaupt nichts passierte? Wenn man einfach nur bewusstlos in einer traumlosen Schwärze versinken würde?

Das bescherte Ben einiges Kopfzerbrechen. Gerade in einer Zeit, in der man ständig von jedem belogen wurde, begann Ben sich zu fragen, ob das Alleinstellungsmerkmal, der »Unique Selling Point«, wie es in der Fachsprache der Werbung hieß, bei jeder Religion letztlich nur auf einer Hoffnung beruhte, die niemals bestätigt werden musste. Mit anderen Worten: Was wäre, wenn man bloß einer geschickt konstruierten Geschichte auf den Leim ging und am Ende maßlos enttäuscht würde?

Das Lied ging zu Ende, und der Pfarrer fuhr in seiner Predigt fort. Ben fiel auf, dass die neben ihm sitzende Lili wie gebannt und mit verzücktem Gesicht der Musik gelauscht, aber nicht mitgesungen hatte. Fast konnte man den Eindruck gewinnen, dass sie zum ersten Mal in einem Gottesdienst saß. Während er noch darüber nachdachte, fiel sein Blick auf die Sitzreihe vor ihm. Da sie allesamt zu spät in der Kirche eingetroffen waren, hatten sie nur noch auf der Empore und auch dort nicht mehr zusammen in einer Sitzbank Platz gefunden. So saßen nun Ben und Lili gemeinsam mit Emma und Marie in einer Reihe und vor ihnen Kirsten und Carl, die Joseph und Grit einrahmten. Was Ben natürlich nicht für einen Zufall hielt. So wie sie da Schulter an Schulter saßen, erwartete Ben ständig, dass sie versuchen würden, Händchen zu halten.

Während der Pfarrer, der kaum älter als Emma sein konnte, aus der Weihnachtsgeschichte vorlas und in seiner ironiefreien Gewissenhaftigkeit an Linus von den »Peanuts« erinnerte, wanderte Bens Blick von der Empore herab durch die unteren Sitzreihen. Er erkannte ein paar Nachbarn und andere noch aus seiner Jugend vertraute Gesichter. Aber wenn die ihn entdeckten, tat Ben stets so, als wäre er entweder kurzsichtig, oder aber er drehte seinen Kopf weiter, als wäre ihm überhaupt niemand aufgefallen. Auch das war ein Grund, weshalb er nur ungern in die Kirche mitgegangen war: Er wollte unbedingt vermeiden, Leuten, die er lange nicht gesehen hatte, weil er sie nicht mehr sehen wollte, nach dem Gottesdienst aus seinem Leben erzählen zu müssen. Ben wusste, dass er nach dem letzten Kirchenlied nicht schnell genug nach Hause kommen könnte, weil der Rest seiner Familie diesen Gesprächen nicht ausweichen würde. Sogar Emma, die Bens Meinung nach genügend Gründe hatte, niemanden über ihr Privatleben zu informieren, schien solchen Small Talk zu genießen. Vielleicht hatte sie einfach ein grundsätzlich größeres Mitteilungsbedürfnis als Ben. Oder es gefiel ihr, pikante Details aus den Lebensgeschichten anderer Menschen zu erfahren, damit sie das Gefühl bekam, dass es nicht nur ihr allein schlecht ging. So oder so – Ben hatte weder Lust, von seiner Scheidung zu erzählen, noch von seinem Beruf.

Er seufzte leise. In den letzten 24 Stunden war so viel passiert, dass er jeglichen Gedanken an seinen frustrierenden Job erfolgreich hatte verdrängen können. Aber nun waren die Gedanken daran wieder da. Früher hatte er seine Arbeit einmal geliebt. Inzwischen hatte Ben nur noch das Gefühl, dass er wie ein Ertrinkender Wasser trat und seine Kräfte dabei unaufhaltsam nachließen. Die Chance, flacheres Gewässer zu erreichen oder gar ans Land eines besseren, aussichtsreicheren Jobs gespült zu werden, war gleich null. Der Gedanke, dass die Aussicht auf einen neuen Arbeitsplatz vielleicht genauso aussichtsreich war wie ein Leben nach dem Tod, ließ Ben gedankenverloren schmunzeln.

»HEY!«

Ben sah, wie ihn vom Ende seiner Sitzreihe aus ein bekanntes Gesicht angrinste. Der Mann war fast zwei Meter groß, etwa in Bens Alter, hatte ein pausbäckiges Gesicht und glatte, blonde Haare. Über seiner Oberlippe wuchs ein dünner Flaum, den er vermutlich krampfhaft zu einem imposanten Schnurrbart züchten wollte, der niemals erscheinen würde. Bisher hatte Ben seinen früheren Mitschüler Erik Winger, zu Schulzeiten meist »Wikinger« genannt, nicht entdeckt, weil der als Organist über den Tasten gekauert und der Kirchengemeinde den Rücken zugewandt hatte. Jetzt, da Erik pausierte, schien er genauso wenig an der salbungsvollen Predigt interessiert zu sein wie Ben. Stattdessen bedeutete er Ben, zu ihm herüberzukommen.

Ben machte eine entschuldigende Geste, um zu vermitteln, dass er unmöglich an den anderen Leuten in seiner Sitzreihe vorbeikäme, schon gar nicht während der laufenden Predigt. Doch Erik hatte diesbezüglich keine Schamgefühle.

»Alter Schwede«, sagte er, als er Ben über die Knie der anderen Kirchgänger hinweg eine Hand entgegenstreckte. »Was machst du denn hier?«

Ben bemerkte, dass Lili über seinen erfolglosen Versuch, sich Erik zu entziehen, amüsiert lächelte – bis sie seinen vorwurfsvollen Blick auffing und sich genau wie Emma auf den Pfarrer konzentrierte, als wäre sie aufrichtig an dessen Worten interessiert.

»Komm, wir gehen da rüber«, insistierte Erik und zeigte auf das Orgelpodest. Keiner der Kirchgänger schien sich über Erik empören zu wollen, was vermutlich an seiner imposanten Statur lag. Aber Ben trafen einige böse Blicke, weil er die Störung mit seinem Zögern in die Länge zog. Notgedrungen stand Ben schließlich auf, schob sich an den Knien der Leute vorbei und folgte Erik zur Orgel.

Das Podest, auf dem Erik als Organist seinen Platz hatte, lag ein paar Stufen höher als die Sitzbänke der Kirchgänger, direkt vor der Balustrade. Von hier aus hatte man freie Sicht auf die Kanzel herab, sodass Erik auf Zeichen des Pfarrers reagieren konnte. Ben erinnerte sich daran, dass seine Eltern es immer vermieden hatten, mit Emma und ihm in der vordersten Reihe der Empore zu sitzen, da sie die Balustrade als zu niedrig, schwindelerregend und damit zu gefährlich empfunden hatten.

»Und – wie geht's?«, fragte Erik, immer noch grinsend und zum Glück leise genug, um den Kirchgängern in den drei Meter entfernt beginnenden Bänken keine Alternative zur Predigt zu bieten. »Ich dachte ja letzten Monat, ich sehe dich auf dem Abi-Treffen, aber du hattest bestimmt zu viel zu tun, was?«

Ben nickte schnell und lächelte entschuldigend. Eigentlich hatte er Erik immer gemocht, aber nach dem Abitur den Kontakt zu ihm verloren. Um nicht unhöflich zu sein, flüsterte Ben zurück: »Und wie geht's dir?«

»Kann nicht besser klagen.« Erik musterte Ben freundlich, schien aber bewusst eine Frage zurückzuhalten, die ihm auf der Zunge lag.

»Was macht die Band?«, fragte Ben stattdessen.

»Schon ewig nichts mehr. Aber ich hab ja hier meinen Solo-Gig.« Erik deutete grinsend auf die Orgel. »Was ist mit dir? Machste noch ab und zu Musik?«

»Sollte ich vielleicht mal wieder.«

»Ja, klar – und dann kommste vorbei und ich trommel die anderen zusammen, und dann geht's wieder so richtig ab!«

Ben lächelte kopfschüttelnd, aber Erik wollte sich in seiner Begeisterung nicht bremsen lassen.

»Doch, klar – das machen wir! Ab und zu spiel ich deine Songs immer noch. Du hattest echt Talent!«

»Nicht halb so viel, wie ich dachte.«

»Doppelt so viel«, widersprach Erik. Er fixierte Ben wieder wie jemanden, dessen wunden Punkt man auf keinen Fall treffen wollte.

Ben spähte zu jener Sitzreihe hinüber, in der seine Eltern mit Joseph und Grit saßen. Leider konnte er von hier aus nicht sehen, was die beiden gerade mit ihren Händen machten.

»Wir hoffen ja immer noch, dass du eines Tages zurückkommst.«

Ben sah Erik ungläubig an.

»Doch, klar – das wäre doch super! Dann wäre wieder alles genau wie früher!« Doch plötzlich schien sich Erik daran zu erinnern, warum es nicht wie früher werden konnte. Seine vorschnelle Begeisterung machte einem schuldbewussten Lächeln Platz.

»Schon gut«, sagte Ben ruhig. »Meine Scheidung muss dir nicht peinlich sein.«

Erik seufzte. »Ich wollte echt nicht …«

»Schon gut«, wiederholte Ben.

»Nee, wirklich!«

»Erik …«

»Ich krieg das immer noch nicht in meinen Kopf«, klagte Erik.

»Was?«

»Na, dass du und Theresa … Wie konnte das alles bloß passieren?«

Ben sah Erik an, lächelte dünn und schüttelte den Kopf. »Manche Dinge passieren einfach.«

»Nein«, protestierte Erik, diesmal laut genug, dass die Leute in der nahe gelegenen Sitzreihe zu ihnen hinübersahen. »Nichts passiert einfach. Da muss doch irgendwas gewesen sein, ihr wart doch das perfekte …«

»Winger«, flüsterte Ben mahnend, aber Erik schien sich kaum beruhigen zu können.

»Nee, echt – das finde ich total daneben, dass ausgerechnet ihr beide – wo ihr euch doch schon von klein auf …«

»So klein waren wir nun auch nicht.«

»Trotzdem – das war doch für jeden von euch die erste große Liebe!«

Ben zuckte die Achseln. »Vielleicht war das das Problem.«

Erik sah ihn verständnislos an.

»Du weißt schon«, versuchte Ben auszuführen, »zu wenig Erfahrung, zu große Erwartungen, zu viel Ballast von früher …«

»Schwachsinn«, protestierte Erik erneut. »Dann müsste meine Ehe mit Lisa ja auch den Bach runtergehen.«

Ben sah Erik an. »Ihr habt geheiratet?«

»Wir haben zwei Kinder!« Erik verzog säuerlich den Mund. »Wir haben dir doch die Geburtsanzeigen geschickt. Genauso wie die Einladung zur Hochzeit.«

Ben kratzte sich verlegen am Hals. Er fragte sich, wann die Predigt endlich aufhören und Erik gezwungen sein würde, das Gespräch zu beenden. Aber der Pfarrer leierte immer noch Plattitüden zu den Themen Nächstenliebe und Warmherzigkeit herunter. Als Ben von der Empore zum Pfarrer hinuntersah, wurde ihm schwindelig. Hier auf dem Orgelpodest saß man wirklich verdammt weit oben.

»Das vom Hagedorn gehört?«, fragte Erik plötzlich.

Ben nickte abweisend.

»Schon bei ihm gewesen?«

Ben schüttelte den Kopf.

»Warum nicht?«, empörte sich Erik. »Du würdest dich doch auch freuen, wenn ich oder die anderen vorbeikämen, während du im Sterben liegst.«

Ben spürte, dass er Kopfschmerzen bekam. »Er liegt im Sterben? Ich dachte, er …«

»Nein, nein«, ruderte Erik wieder zurück. »Noch ist alles drin.«

Ben glaubte ihm kein Wort. »Komm jetzt. Stirbt er oder …«

»Es ist wichtig, positiv zu denken«, flüsterte Erik.

»So schlimm also?«

»Würde jedenfalls nicht schaden, mal vorbeizuschauen. Theresa geht auch ab und zu hin.«

»Und?«

Erik schwieg unbehaglich.

»Warum erzählst du mir das?«, hakte Ben nach. »Soll ich deshalb Michael besuchen? Damit ich vielleicht meiner Ex-Frau über den Weg laufe?«

Erik biss sich auf die Unterlippe. Nun schien *er* das Gespräch lieber beenden zu wollen, aber Ben schimpfte sich gerade erst warm.

»Es ist vorbei, verstehst du? Nichts wird jemals mehr so sein wie früher. Sie ist nämlich schwanger.«

Erik lächelte.

»Nicht von mir. Von einem anderen!«

Erik seufzte. Er wollte offenbar etwas sagen, doch Ben war so in Rage, dass er nicht beruhigt werden wollte.

»Wir waren gerade erst geschieden, wahrscheinlich kaum aus dem Gerichtsgebäude raus, da lacht sie sich schon den nächsten an. Und nicht nur das, sie landet auch gleich einen gottverdammten Volltreffer!«

Erik hob plötzlich eine Hand und spähte zum Pfarrer hinunter, der es inzwischen tatsächlich geschafft hatte, seine Predigt zu beenden. »Sorry«, flüsterte Erik und wandte sich der Orgel zu.

Der erste Akkord des nächsten Liedes hallte so laut in Bens Ohren wider, dass er zusammenzuckte und nach vorne stolperte.

Der Pfarrer war sehr unzufrieden mit sich. Während der Predigt hatte sich auf der Empore eine gewisse Unruhe breitgemacht. Schlimmer noch, er hatte ein leises Flüstern vernommen, das seine Sätze wie ein verhöhnender Nachklang begleitet hatte. Dies war sein erster Weihnachtsgottesdienst, und noch nie hatte er vor so vielen Anwesenden gesprochen. Er war furchtbar nervös und hoffte, dass alles reibungslos über die Bühne ging. Selbstverständlich rechnete er damit, dass nicht alle Kirchgänger von seiner Leistung überzeugt sein würden. Aber dass man noch während seiner Predigt anfing, von der Empore herab zu lästern wie die Opas in der »Muppet Show«, erfüllte den Pfarrer mit unweihnachtlichem Zorn. Während er aus vollem Hals das Lied sang, in das seine Gemeinde pflichtbewusst eingestimmt hatte, musste er den Impuls niederkämpfen, die Empore nach den Störenfrieden abzusuchen und ihnen böse Blicke zuzuwerfen, wenn nicht sogar Schlimmeres.

Da er sich aber bemühte, mit stoischer Gleichmütigkeit geradeaus zu schauen, nahm der Pfarrer nur aus dem Augenwinkel wahr, wie jemand die Stufen vom Orgelpodest herunterstolperte, dabei unerwartet Schwung bekam und mit panischem Armrudern nicht nur gegen, sondern über die Balustrade stürzte. Der Pfarrer hatte schon beim ersten Besuch der Kirche angemerkt, dass diese Brüstung viel zu niedrig und daher sehr gefährlich war, vor allem für die Leute in der ersten Reihe. Aber die Gelder für einen Umbau waren leider noch immer nicht bewilligt worden. War der Antrag überhaupt schon abgeschickt? Der Küster hatte sich doch darum kümmern wollen, aber …

Während die Gemeinde immer noch brav »Vom Himmel hoch, da komm ich her« schmetterte, landete Ben hinter dem Pfarrer in dem riesigen Weihnachtsbaum. Instinktiv versuchte er sich an den Zweigen festzuhalten, die aber unter seinem Gewicht nachgaben. Dafür verheddert e Ben sich im komplizierten Kabelnetz der Lichterkerzen, die seinen Sturz nach ein, zwei Metern beendeten. Der obere Teil des Baums gab unter Bens Gewicht nach und bog sich zur Seite, als wollte er sich vor dem Altar verneigen.

Die Gemeinde hatte aufgehört zu singen. Nur die Orgel spielte immer noch. Erik war so konzentriert auf sein Instrument, dass er den unerwarteten, durchaus einen gewissen Schauwert bietenden Sturz Bens nicht hatte verfolgen können. Auch der Pfarrer hatte das Beste verpasst, da er sich gezwungen hatte, seinen Zorn auf das nervtötende Flüstern mit meditativem Nach-Vorne-Starren zu vertreiben. Als er sich nun umdrehte, war der Baum gerade umgekippt und hatte Ben unsanft, aber auch unbeschadet auf den Boden befördert.

Ben konnte sich an keinen Gottesdienst erinnern, an dessen Ende seine Familie es so eilig gehabt hatte, wieder nach Hause zu kommen. Zwar saß jedem von ihnen ein Wahnsinnsschrecken in den Knochen, besonders seiner Mutter, die Bens Sturz über die Balustrade hatte beobachten müssen. Doch die Aussicht, den Anwesenden genau erklären zu müssen, wie es zu diesem ungeplanten Programmpunkt des Gottesdienstes gekommen war, schien nicht nur Ben unerträglich zu sein. Seine Eltern und sogar Joseph und Grit versuchten ihn dazu zu drängen, sich sofort im Krankenhaus untersuchen zu lassen. Aber Ben wollte auf keinen Fall das Risiko eingehen, noch einmal dem Arzt über den Weg zu laufen, der ihn am Vormittag für einen inzestuösen Triebtäter gehalten hatte. Marie und Lili machten sich zum Glück für ihn stark, und da Ben aufrichtig versichern konnte, dass ihm wirklich nichts fehlte, beruhigte man sich wieder. Sein Vater bemerkte ironisch, aber doch mit einem gewissen Stolz, dass es seine Verkabelung gewesen war, die seinem Sohn das Leben gerettet hatte, während Emma das Ganze ungläubig als Wunder bezeichnete. »Ist ja auch Weihnachten«, bemerkte Lili und warf Ben einen vielsagenden Blick zu. Da immer noch das Adrenalin durch seinen Körper pulsierte, konnte er nicht anders, als lauthals zu lachen.

Als sie das Haus erreichten, war es bereits dunkel. Durchgefroren und mit knurrendem Magen drängten sie durch die Tür, in der Hoffnung, nach dem

Schreck in der Kirche nun wenigstens einen weniger aufregenden Abend einzuläuten.

»Hier riecht's aber ...«, begann Marie.

»IST DAS DIE GANS?«, fragte Grit.

Joseph erschrak.

Ben hatte zunächst den Eindruck gehabt, dass seine Augen von der Kälte draußen noch tränten und er deshalb alles wie durch einen leichten Schleier sah. Aber der Geruch, der in der Luft hing, wurde zweifelsfrei von einer Rauchwolke begleitet, die sich seit geraumer Zeit aus der Küche den Weg ins ganze Haus gebahnt und sich gemütlich ausgebreitet hatte.

»Carl«, rief Kirsten instinktiv und sah dabei Joseph an. Der hatte jedoch keine Zeit, sich über die Namensverwechslung zu ärgern, sondern stürmte auf die Küchentür zu.

»Halt, das könnte gefährlich sein«, schrie Carl, doch Joseph riss bereits die Küchentür auf und wurde von noch dichterem Rauch begrüßt.

Sofort nahm Emma Marie an der Hand und zog sie mit sich nach draußen, während Grit zum nächsten Fenster eilte und es aufriss.

»Bist du wahnsinnig?«, fuhr Kirsten sie an.

»Feuer und Sauerstoff sind eine explosive Kombination«, erklärte Carl in merkwürdig ruhigem Tonfall, während er wie die anderen anfangen musste zu husten.

Ben sah sich um. Wo war Lili? Draußen vor dem Haus konnte er nur Emma und Marie entdecken.

»Joseph!«, rief Kirsten ängstlich und machte ein paar Schritte auf den Mücheneingang zu.

Carl fing sie ab. »Ich mach das schon!«

»Nein, ich …« Sie hustete. »Ich werde selber …«

»Du gehst nach draußen«, protestierte Carl und hustete selber kräftig.

»Nein, *du* gehst nach draußen!«

»Sei doch vernünftig.«

»Ich BIN vernünftig!«

Während sie noch weiter nach Luft japsend debattierten, wurde die Dunstwolke am Eingang der Küche schwächer. Im nächsten Moment erschien Lili im Türrahmen. Sie lächelte und wedelte scherzhaft mit ihrer Hand durch die Luft. »Alles in Ordnung. Nur der Backofen nicht.«

Nun kam auch Joseph aus der Küche. Seine Augen tränten, und einige Male musste er husten und sich laut räuspern.

Kirsten löste sich endlich von Carl und trat auf Joseph zu, klopfte ihm hilflos auf den Rücken, als hätte er sich bloß verschluckt. Gleichzeitig galt ihr besorgter Blick der Küche.

»WAS IST MIT DER GANS?«

Joseph sah aus, als müsste er wieder ein paar Runden um den Block drehen.

Die Fragen, die auf Joseph einprasselten, um den Grad seiner Schuld zu ermitteln, gingen bald sogar Ben auf die Nerven. Er glaubte Joseph, dass er den Herd zwar eingeschaltet gelassen hatte, während sie zur Kirche marschiert waren – aber nur mit entsprechend heruntergeregelter Hitze, die dem Gänsebraten auf aromaschonende Weise die letzte perfekte Bräunung hatte verschaffen sollen. Dennoch war bei ihrer Rückkehr die Temperatur des Backofens auf ihr Maximum eingestellt gewesen. War Joseph wirklich sicher, den Regler heruntergedreht zu haben? Wie Kirsten schnell erklärte, konnte die Erinnerung einem durchaus mal einen Streich spielen. Joseph hingegen war überzeugt, dass jemand anderes ihm einen Streich gespielt hatte.

Joseph behauptete zwar, er wolle keine Verdächtigungen ausstoßen, doch eigentlich wollte er das schon. Nur durfte er das nicht, weil Kirsten ihm sofort über den Mund fuhr und erklärte, dass ja zum Glück nichts allzu Schlimmes passiert war.

Emma fand das auch. »Dann essen wir eben was anderes.«

»Ja, und was?«, fragte Marie.

»In der Küche lässt sich vorläufig nichts kochen«, urteilte Carl.

»Blödsinn«, erwiderte Joseph mit säuerlicher Miene. »Und den Herd kriege ich auch wieder sauber.«

»DA IST DOCH ALLES EINGEBRANNT!«, gab Grit zu bedenken.

»Ich schaff das schon«, beharrte Joseph gereizt.

»Hauptsache, wir kriegen morgen früh wieder Pfannkuchen«, sagte Carl.

»Ich weiß, dass dir mein Essen nicht schmeckt«, schimpfte Joseph zurück. »Ich weiß, dass es *niemandem* hier schmeckt. Und dass mir keiner glaubt. Aber ich habe die Temperatur nicht hochgedreht. *Ich* habe den Herd *nicht* …«

»JETZT HÖR ENDLICH DAMIT AUF«, schrie Kirsten ihn plötzlich an. Da sie sonst nie ihre Stimme erhob, versetzte sie damit allen Anwesenden einen Schock. Vor allem Joseph konnte nicht fassen, dass seine Frau ausgerechnet ihn und dann auch noch vor allen anderen zusammenstauchte.

»Es ist Heiligabend«, fauchte Kirsten weiter, vor Wut bebend. »Und wir werden ihn verdammt noch mal so wunderschön feiern, wie wir es geplant haben!«

Joseph schluckte. Grit rührte sich kaum von der Stelle. Der Hauch eines Lächelns huschte über Carls Gesicht.

Was Ben durchaus ein wenig nervös machte. Denn als sie zum Gottesdienst aufgebrochen waren, hatte Ben genau gesehen, dass sein Vater als Letzter das Haus verlassen hatte.

Trotz heftigen Lüftens hatte die eiskalte Abendluft den Geruch des verkohlten Gänsebratens noch nicht aus dem Haus vertreiben können. Dafür war jetzt das Wohnzimmer, in dem sich Bens Familie zusammenfand, derart ausgekühlt, dass der Kleidercode vorläufig Mützen, Schals und dicke Winteranoraks vorschrieb.

Zusammen mit Emma und Lili hatte Ben zwei Stunden lang Tankstellen und Imbissrestaurants der näheren Umgebung abgefahren. Nun saßen sie alle vor einer merkwürdigen Ansammlung labberiger Verpackungen mit diversen Suppen, Döner-Burgern, Burritos und Salaten.

Grit war die Erste, die ihre Ernüchterung überwand und nicht nur zugriff, sondern lautstark behauptete, dass es »GAR NICHT SO SCHLECHT« schmeckte.

Lili folgte Grits Beispiel und kostete von jedem mitgebrachten Gericht. Emma und Ben hielten sich eher zurück, genau wie Kirsten, der der Appetit längst vergangen war, während Joseph gar nichts aß, sondern immer schweigsamer und beleidigter wurde. Carl hingegen kaute genüsslich auf seinem Döner herum und wagte es, mehrfach dessen Aroma zu loben. Marie beteuerte sogar, dass sie noch nie so viel Spaß gehabt hätte wie an diesem Heiligabend. Ben hatte Mühe, sich nicht zu verschlucken.

Mit demselben Starrsinn, der Marie die Kraft gab, ihr schlummerndes Geheimnis zu ignorieren, schien auch Carl entschieden zu haben, Kirstens Forderung nach einer verdammt wunderschönen Weihnachtsfeier zu unterstützen. »So – und jetzt kommt die Bescherung«, sagte er, stand auf und ging zum Weihnachtsbaum, unter dem sie im Verlauf des Tages all ihre verpackten Geschenke deponiert hatten. »Natürlich gehört auch ein sorgfältig verkabelter, beleuchteter Weihnachtsbaum dazu«, fügte Carl mit vergnügtem Augenzwinkern in Bens Richtung hinzu und drückte auf den Schalter des Mehrfachsteckers. Woraufhin es plötzlich stockdunkel war. Nicht nur im Wohnzimmer, sondern im ganzen Haus.

»WAS IST DENN JETZT LOS?«, stöhnte Grit.

»Carl?«, fragte Kirsten.

»Das ist …«, hörten sie Carls entgeisterte Stimme.

»Bestimmt nur ein Kurzschluss«, glaubte Lili.

»Aha?«, ertönte Josephs zweifelnde Stimme.

»Das ist gar kein Problem«, gab Carl scharf zurück. »Ich kümmere mich drum.« Im nächsten Moment hörte Ben, wie sein Vater an ihnen vorbeistolperte, auf die im Dunkeln des Zimmers vage auszumachenden Umrisse des Türrahmens zu.

»HAT JEMAND EINE TASCHENLAMPE?«, fragte Grit.

»Zum Sicherungskasten finde ich auch so«, erwiderte Carl gereizt.

»Wenn du die Kellertreppe runterfällst, leuchtet der Baum auch nicht schneller«, sagte Emma.

»Ich hab bestimmt noch Kerzen in der Schublade«, erinnerte sich Kirsten.

»Ich kann auch so genug sehen«, beteuerte Carl.

Kirsten stand trotzdem auf und stieß dabei gegen ein paar Teller.

»Waren das die Burritos?«, fragte Marie.

»DAS SCHÖNE ESSEN!«

»Das ist mein Schuh«, sagte Lili, als Grit nach dem Burrito tastete.

Ben, dessen Augen sich allmählich an die Dunkelheit gewöhnten, konnte sehen, wie sein Vater das Wohnzimmer verließ und im Flur verschwand. Kurz darauf waren seine Schritte auf der Kellertreppe zu hören.

»Hier sind die Kerzen«, erklärte Kirsten.

»Toll – und wo ist das Feuer?«, fragte Emma.

»Vielleicht ist noch was im Backofen übrig«, sagte Ben, und Marie musste kichern.

Vor lauter Unruhe begann Grit »O du Fröhliche« zu summen, was Marie erst recht kichern ließ.

Gleichzeitig hörten sie, wie Kirsten Schranktüren und Schubladen öffnete, um nach Streichhölzern oder Feuerzeugen zu suchen.

Aus dem Keller ertönte ein dumpfes Krachen, gefolgt von einem wütenden, schmerzerfüllten Fluchen.

»Ich glaube, er hat den Sicherungskasten gefunden«, meinte Joseph.

»DAS WAR JA AUCH MAL *SEIN* HAUS!«

»Ich weiß ganz genau, dass ich hier Streichhölzer hatte …«, murmelte Kirsten zunehmend gereizt.

»Komisch, dass ausgerechnet Papa einen Kurzschluss auslöst«, meinte Emma.

»Ja, dass ausgerechnet er mal einen Fehler macht …«, murmelte Joseph – laut genug, dass es jeder hörte.

»Joseph!«, ermahnte Kirsten ihren zweiten Mann.

»Was denn?«

Wieder begann Grit zu summen – diesmal »Morgen, Kinder, wird's was geben«.

»Und – haben wir jetzt noch Streichhölzer oder was ist?«, fragte Emma.

»Ich WEISS es NICHT!«, gab Kirsten unwirsch zurück.

»Hallo?«, ertönte plötzlich aus dem Flur eine Stimme, gefolgt von ein paar näher kommenden Schritten.

»Hat jemand die Tür aufgelassen?«, fragte Emma.

»Ich nicht«, erwiderte Joseph.

»WIR HABEN HIER EINEN KURZEN!«, erklärte Grit unnötigerweise.

Als im nächsten Augenblick das Licht im ganzen Haus anging, mussten sie alle erst blinzeln, bevor sie sich wieder an die Helligkeit gewöhnten. Im Wohnzimmereingang stand Theresa.

Die Sprachlosigkeit, die ihr Eintreten auslöste, verlieh der Situation gleichzeitig einen gewissen Zauber und einen höheren Schockwert. Zumal Theresa nervös ein hübsch verpacktes Geschenk gegen ihren Bauch drückte und diesen dadurch weniger versteckte, als noch mehr betonte.

Ben schloss die Augen. Er hatte gehofft, Theresas Zustand wenigstens so lange verheimlichen zu können, bis er wieder abgereist war.

»Theresa!«, sagte Carl, der hinter ihr ins Wohnzimmer zurückkam und sie zur Begrüßung kurz an sich drückte. »Fröhliche Weihnachten!«

»Euch … auch«, stotterte Theresa. Sie deutete auf das Geschenk. »Ich wollte eigentlich nur kurz …«

Kirsten fixierte Ben, der wie angewurzelt sitzen blieb, und drückte dann Theresa ebenfalls an sich. »Du musst entschuldigen – wir hatten hier heute Abend ein paar Probleme.«

»In der Küche«, ergänzte Carl.

»Nichts von Bedeutung«, behauptete Kirsten.

»Es war meine Schuld«, erklärte Joseph säuerlich und keinesfalls überzeugt davon.

»ICH RIECH KAUM NOCH WAS!«, beschönigte Grit.

Theresa entdeckte Lili, die ihr fröhlich zuzwinkerte.

»Wie gesagt«, fuhr Theresa fort. »Ich wollte nur kurz Bens Geschenk abgeben.« Sie sah Ben scheu an und reichte ihm das kleine Paket. Ben bemerkte, dass die fragenden Blicke seiner Familie auf ihn gerichtet waren – schließlich hatte er behauptet, dass er Theresas Geschenk am vorigen Abend gleich wieder zurückgegeben hatte.

»Was ist es denn?«, fragte Marie.

»Mach's doch mal auf«, riet Lili.

Ben seufzte. Wen interessierte hier noch das Geschenk? Das war doch nur ein Vorwand, ein Auftakt zu einem ganz anderen Thema. Und Ben wollte nicht – nein, er war ganz sicher, er *konnte* es nicht ertragen, wenn innerhalb der nächsten Minuten die Sprache auf das Baby kommen würde.

Seine Finger krampften sich um das Geschenk, er spürte, wie das Papier von der Feuchtigkeit seiner Handflächen weich wurde. Verdammt noch mal, warum war Theresa hergekommen? Wenn sie unbedingt allen die Wahrheit zeigen wollte, warum musste er dann unbedingt den Geburtshelfer dafür spielen? Hatte er nicht das Recht, sich zu verweigern? Fröhliche Weihnachten! Dass Theresa so grausam sein konnte.

Er riss das Papier auf. Größe und Umfang des kleinen Pakets ließen irgendein Buch oder eine CD vermuten. Stattdessen aber brachte Ben einen kleinen Bilderrahmen zum Vorschein, der ein altes Foto beinhaltete. Es zeigte Ben als 12-Jährigen während einer Schulaufführung, für die er ein Klavierstück eingeübt hatte. Man sah deutlich, wie konzentriert, aber gleichzeitig auch gedankenverloren Ben am Flügel saß und mit voller Leidenschaft spielte.

»Ich hab es beim Aufräumen gefunden«, lächelte Theresa.

Kirsten und Carl traten näher und spähten über Bens Schulter.

»Wusste gar nicht, dass es davon eins gibt«, sagte Carl und wandte sich zu Ben. »Du hast dich doch immer so angestellt, wenn man dich fotografieren wollte.«

Zum Glück hatte Theresas Mutter davon nichts gewusst. Kurz nach dem Tod ihres Mannes war sie zu jener Zeit gerade erst mit ihrer Tochter in die Stadt gezogen und hatte mit ihr die Veranstaltung besucht, um Theresas zukünftige Schule kennenzulernen. Am darauffolgenden Tag war Theresa ihren Mitschülern vorgestellt worden. Sie hatte einen freien Platz eingenommen und nach kurzer Zeit bemerkt, dass einer ihrer Mitschüler nicht anders konnte, als sie immer wieder anzuschauen. Der Junge, der am Vortag auf dem Flügel gespielt hatte.

Ben begegnete Theresas angespanntem Blick. Er spürte, dass sie auf eine Antwort wartete, doch er brachte einfach keinen Ton heraus.

»Und was ist mit dem Rest der Bescherung?«, fragte Marie in die entstandene Stille hinein.

Theresa hob abwehrend eine Hand. »Ich muss dann wieder ...«

»ACH WAS – BLEIBEN SIE DOCH RUHIG!«, tönte Grit.

»Ja, genau – jetzt wird's gerade gemütlich«, meinte Carl.

Ben warf Theresa einen fragenden Blick zu, doch entweder bemerkte sie das nicht, oder sie wich ihm bloß geschickt aus.

»Komm, setz dich zu uns«, sagte Kirsten und nahm bereits Theresas Hand, um ihre ehemalige Schwiegertochter zu den anderen aufs Sofa zu führen, wo sie zwischen Lili und Grit Platz nahm.

»ES WIRD AUCH GLEICH WÄRMER! ZIEHEN SIE RUHIG IHREN MANTEL AUS«, empfahl Grit. Theresa zögerte einen Moment, ließ ihn dann tatsächlich von den Schultern gleiten, sodass ihr schwangerer Bauch unter einem violetten Samtkleid endgültig zum Vorschein kam. Ben registrierte, dass jeder im Raum den Atem anhielt.

Aber zu seiner Verwunderung erwähnte im weiteren Verlauf des Abends niemand, was so deutlich zu sehen war. Nicht einmal Grit strapazierte seine Nerven durch Fragen, in welchem Monat Theresa denn war und wo sich der Vater befand. Auch Kirsten und Carl ließen sich ihre Reaktion auf das Kind, das unter Theresas Herzen heranwuchs, nicht anmerken. Und das war vielleicht das schönste Geschenk, das sie Ben machen konnten.

Wenigstens in diesen Stunden der Bescherung und des anschließenden Zusammensitzens wurde Maries Wunsch nach einem richtigen Weihnachtsfest erfüllt. Auch wenn es Carl nicht mehr gelang, die Lichterkette am Weihnachtsbaum im Wohnzimmer zum Leuchten zu bringen, sorgten die Kerzen, die Kirsten und Lili überall aufgestellt hatten, für eine entspannende, zauberhafte Atmosphäre. Maries kindliche Begeisterung beim Öffnen ihrer Geschenke war ansteckend und erinnerte Ben daran, wie aufgeregt Emma und er damals um den Weihnachtsbaum herumgeschlichen waren, bis sie endlich das Papier von ihren Paketen reißen durften, um ihre wahr gewordenen Wünsche in Augenschein zu nehmen.

Als Marie den Teddybären auswickelte, den Ben ihr gekauft hatte, stiegen ihr Tränen in die Augen. Dennoch gelang es Marie, über den Teddybären zu lachen und Ben dafür in die Arme zu schließen.

Erst später bemerkte Ben, dass er vergessen hatte, einen Umschlag mit Geld an den Teddybären zu heften, aber zu dem Zeitpunkt hatte sich Marie mit ihren Geschenken bereits in ihr Gästezimmer im oberen Stockwerk zurückgezogen.

Seine Eltern und deren neue Lebenspartner zogen fast gleichzeitig die von ihm geschenkten schwarzen Handschuhe an und musterten sich gegenseitig wie entlarvte Auftragskiller. Als Joseph denselben Eindruck äußerte, erntete er vergnügtes Gelächter, in das sogar Carl mit einfiel.

Ben bekam von seinen Eltern und deren Partnern dasselbe wie Emma: einen Globus, den man von innen beleuchten konnte. Genau so einer hatte früher mal im Arbeitszimmer ihrer Eltern gestanden. Als Kinder hatten Ben und Emma oft versucht, diesen Globus ins eigene Zimmer mitzunehmen, um ihn im Dunkeln einzuschalten und auf seiner Achse zu drehen, sodass sie die Kontinente und Weltmeere vor ihren Augen vorbeifliegen lassen konnten. Eines Tages hatten die beiden wieder einmal versucht, sich den Globus gegenseitig wegzuschnappen, doch er glitt ihnen aus den Händen und war auf dem Boden in viele scharfkantige Scherben zersprungen. Danach hatte es keinen Ersatz mehr gegeben.

Bis heute. Ben und Emma waren sich über die Symbolik des Geschenks durchaus im Klaren und freuten sich darüber. Andererseits traute sich Emma anschließend kaum, Ben ins Gesicht zu schauen; sie schien zu spüren, dass ihre eigene Welt dabei war, sich in einen Scherbenhaufen zu verwandeln. Und auch Ben hatte schließlich schon seit Monaten das Gefühl, seine Welt nicht mehr in den Griff zu bekommen.

Ben entging nicht, dass seine Eltern weder mit ihren neuen Partnern noch gegenseitig verpackte Aufmerksamkeiten austauschten.

»Wir schenken uns nichts«, erklärte Carl.

»SCHON SEIT JAHREN NICHT MEHR!«, führte Grit aus.

»Wir freuen uns einfach darüber, diese Tage gemeinsam mit euch zu verbringen«, ergänzte Kirsten.

Joseph schaffte es, dabei fast überzeugend zu lächeln.

Die Luft war schneidend kalt, als Ben kurz vor Mitternacht Theresa nach Hause begleitete. Trotzdem bemerkte Ben an Theresa keine Eile, sondern eher den Hang zu einem verzögernden Dahinspazieren, was er ebenso wenig verstand wie ihre Bekundungen, wie viel Spaß sie bei der Bescherung gehabt hatte. Und damit schien sie nicht Kirstens und Carls Verlegenheitsgeschenke für sie zu meinen: ein buntes Windlicht aus Kirstens Schlafzimmer und einen

Kugelschreiber mit Mini-Taschenlampe, den Carl zu Weihnachten als Firmengeschenk an Kunden versandt hatte.

Natürlich konnte Ben sich einreden, dass Theresas Besuch so außerordentlich nicht gewesen war – immerhin kannte sie seine Eltern schon seit mehr als zwanzig Jahren. Und auch wenn sie und Ben geschieden waren, musste das ja nicht heißen, dass sie ihren ehemaligen Schwiegereltern nur noch die kalte Schulter zeigen würde. Dennoch lag Ben jene ganz einfache Frage auf der Zunge, deren Antwort entweder neue Fragen nach sich ziehen oder die Harmonie dieses Abends mit einem Schlag zerstören könnte.

Sie waren nur noch wenige Meter von Theresas Haus entfernt, als Ben diese Frage endlich stellte: »Wo ist eigentlich Oliver?«

Theresa sah Ben unbehaglich an. »Eingeschneit. Er hofft, dass es morgen besser aussieht.«

Ben nickte und versuchte sich einzureden, dass er nicht enttäuscht war.

»Tja, dann – gute Nacht.«

Er musste plötzlich blinzeln. Etwas war in sein Auge geflogen, schmolz aber, als er es wegwischen wollte. Theresa sah zum Himmel, aus dem es soeben zu schneien angefangen hatte.

»Das glaub ich jetzt nicht«, sagte sie leise und lachte. »Wir beide hatten nie weiße Weihnachten.«

Sie hatte recht. Während ihrer Ehe hatte es an Weihnachten entweder nur gefroren, oder es war unnatürlich warm gewesen.

Theresa streckte ihre Arme aus und beobachtete amüsiert, wie die Schneeflocken immer dichter um sie beide herumtanzten, in ihren Haaren hängen blieben und auf ihren Gesichtern und Händen schmolzen.

Ben betrachtete Theresa schweigend. Er hatte so lange erfolgreich versucht zu verdrängen, wie sehr er sie vermisste. In diesem Augenblick versagte er dabei gnadenlos.

Aber was konnte er schon tun? Er konnte die Augen davor verschließen, was so deutlich zu sehen war, aber zu versuchen, der Wirklichkeit zu trotzen, schien hoffnungslos und albern. Oder nicht?

»Also dann«, begann er noch einmal, um sich zu verabschieden. Theresa hielt seinen Blick eine Zeit lang fest, dann trat sie auf ihn zu und drückte sanft ihren Mund auf seinen.

Der Kuss war warm und weich und vorsichtig und beruhigend und fordernd und voller Versprechungen, denen Ben gerne glauben wollte, aber nicht glauben konnte.

Als Theresa sich von ihm löste, sah sie genauso erschrocken aus, wie Ben sich fühlte.

Trotzdem küssten sie sich erneut. Und Ben sah,

dass Theresa ihre Augen geschlossen hatte, während er seine Arme um sie legte und sie sich an ihn heranziehen ließ, bis …

Ihr Bauch. Er drückte störrisch gegen seinen. Ben brach den Kuss ab. Theresa öffnete ihre Augen. Trotz der weiter rings um sie herabfallenden Schneeflocken war der Zauber vorbei.

Hinter dem Küchenfenster brannte Licht, und Ben konnte sehen, dass Joseph vor dem Herd kniete, als überlegte er noch, ob er ihn einschalten und den Kopf hineinstecken oder lieber doch den Ruß und die verbrannten Essensreste wegschrubben sollte.

Ben ging weiter, drückte vorsichtig die Haustür auf und schlüpfte ins Innere, wo bis auf die Geräusche aus der Küche Ruhe herrschte.

Vom Hausflur aus konnte Ben im Wohnzimmer brennende Kerzen ausmachen, deren Licht schwach flackerte. Ben zögerte, trat dann ins Wohnzimmer. Zu seinem Erstaunen lag dort seine Mutter auf der Couch und schlief. Lili saß neben Kirsten und zog gerade behutsam eine Decke über deren Schultern. Er ließ seinen Blick durch das Wohnzimmer schweifen, sah aber sonst niemanden.

»Dein Vater und Grit wollten noch einen kleinen Spaziergang machen«, erklärte Lili leise. »Deine Schwester und Marie sind bereits schlafen gegangen. Und Joseph …«

Ben nickte. Sein Blick fiel auf das Album, das auf dem Couchtisch lag.

»Sie hat mir Fotos gezeigt«, sagte Lili leise. »Und erzählt. Von früher …«

Sein Blick blieb an dem Album haften. Am Einband erkannte er, dass es dasselbe war, das seine Mutter am Nachmittag zum Weinen gebracht hatte. Auf einmal wollte er so schnell wie möglich das Zimmer verlassen.

»Ben?«, fragte Lili, als er sich bereits der Tür zugewandt hatte.

Er warf ihr einen ungeduldigen Blick über die Schulter zu.

»Ich denke, ich werde heute Nacht hier bleiben«, sagte Lili. »Du hast das Bett also ganz für dich.« Sie grinste.

Ben sah sie nachdenklich an. »Warum bist du eigentlich nicht schon längst auf und davon?«

Lili hob erstaunt die Brauen. »Es gefällt mir hier.«

»Ich dachte, du kannst nicht gut lügen.«

»Warum sollte ich das tun?«, fragte Lili.

Ben glaubte ihr trotzdem nicht. Er wusste, dass es geradezu unverschämt von ihm gewesen war, sie während der letzten Stunden allein gelassen und mehr oder weniger wie das fünfte Rad am Wagen behandelt zu haben. Aber ihm sausten so viele Gedanken durch den Kopf, dass er einfach zu erschöpft war, sich jetzt auch noch mit Lili zu beschäftigen. Er würde sich bei ihr entschuldigen und mit ihr in aller Ruhe reden. Aber nicht mehr heute.

»Bis morgen«, flüsterte Lili und lächelte, als hätte sie seine Gedanken gelesen.

Theresa hatte ihm angeboten, mit ins Haus zu kommen.

Und jetzt lag er in seinem früheren Zimmer – allein in seinem Bett. Immer noch fühlte er ihren Mund auf seinem, immer noch spürte er Theresas Nähe und ihre Sehnsucht nach ihm, die doch nichts anderes als ein Rätsel sein konnte. War bloß Weihnachten an ihrem Sinneswandel schuld? Oder die Einsamkeit, in der ihr eingeschneiter zukünftiger Ehemann sie zurückgelassen hatte?

Es machte alles keinen Sinn. Theresa hatte die Scheidung gewollt und bewusst vorangetrieben. Und in ihrer Zukunftsplanung war kein Platz für ihn übrig. So gern er ihrer Einladung gefolgt wäre, es hätte alles nur noch schlimmer gemacht, für sie beide. Es war vernünftig von ihm gewesen, erstaunlich erwachsen und weise, sich ihr zu entziehen und nach Hause zu gehen.

Aber trotzdem ließ ihn etwas nicht einschlafen.

Erik Winger. Seine Überredungsversuche, Ben solle wieder in seine alte Heimatstadt zurückziehen. Sein Bemühen, den Grund für das Scheitern von Bens und Theresas Ehe zu verstehen. Sein Vorschlag, sie beide könnten doch gemeinsam Michael Hagedorn im Krankenhaus besuchen. Und seine Reaktion, als Ben ihn wütend darauf hingewiesen hatte, dass Theresa schwanger war von jemand anderem.

Jetzt, da Ben sich Zeit nahm, darüber nachzudenken, fiel ihm auf, dass Erik überhaupt nicht überrascht gewirkt hatte. Hatte Erik nicht sogar gelächelt? Was, zum Teufel, gab es da zu lächeln?

Die Erschöpfung lastete schwer auf Ben, doch all diese Fragen ließen ihm keine Ruhe.

Was, wenn Oliver nicht eingeschneit war?

Und was, wenn es Oliver überhaupt nicht gab?

Theresa hatte behauptet, sie wäre im fünften Monat und hätte Oliver ein paar Wochen nach der Scheidung kennengelernt – aber auch das musste nicht die Wahrheit sein.

Aber wenn Oliver nicht der Vater des Babys war, wer dann?

Auf einmal war Ben wieder hellwach.

1. Weihnachtstag

Ben hatte seine Hände fest um Olivers Hals gelegt und versuchte verzweifelt zuzudrücken, doch seine Muskeln versagten ihren Dienst. Oliver seufzte und tätschelte Bens Wange wie bei einem unartigen, aber in seinen Bemühungen eher belustigenden Kind. Theresa stand in einigem Abstand zu ihnen im hohen Schnee und schien gespannt auf das Ergebnis der Konfrontation zu warten, als …

»Ben! Ben, wach endlich auf!«

Ben öffnete die Augen. Emma stand über ihn gebeugt und schlug weiterhin gegen seine Wangen.

Ben wischte Emmas Hand weg und setzte sich verärgert auf. »Was …«

»Marie ist weg.«

Ben gähnte. »Schon wieder?«

»Gestern Nacht hatten wir einen grässlichen Streit.«

»Schon wieder?«, wiederholte Ben und rieb sich über das Gesicht.

»Am Ende hat sie gesagt, eines Tages wird sie einfach verschwinden, damit ich sie nicht mehr wiedersehen muss.«

Die Angst in Emmas Augen jagte Ben einen Schauer über den Rücken.

Wenige Minuten später hatte Ben sich angezogen und schlich hinter Emma die Treppe hinunter. Es war erst kurz vor sieben, und im Haus schien sonst jeder noch zu schlafen. Vorsichtig nahmen Emma und Ben ihre Jacken von der Garderobe und steuerten zur Tür, als plötzlich hinter ihnen jemand fragte:

»Was habt ihr vor?«

Ben und Emma drehten sich um. Lili trat mit vom Schlafen wild abstehendem Haar aus dem Wohnzimmer und musterte die beiden besorgt.

»Marie ist …«, begann Ben erklärend und fragte dann: »Du hast sie nicht zufällig weggehen sehen?«

Lili lächelte Emma entschuldigend an und schüttelte den Kopf. Hinter Emmas Rücken warf Lili jedoch Ben einen Blick zu, der das Gegenteil bedeutete.

»Ben und ich gehen jetzt nach ihr suchen«, fuhr Emma fort. »Wenn die anderen aufwachen, sag bitte, wir sind zu dritt spazieren.«

Lili nickte. Emma zog die Haustür auf und trat nach draußen.

Ben seufzte ärgerlich und drehte sich zu Lili um: »Was wolltest du mir …«

»Sie ist zum Krankenhaus. Konnte doch nicht mehr warten.«

»Großartig«, fluchte Ben. »Und was soll ich jetzt ihrer Mutter sagen?«

Lili schwieg.

Als Ben sich umwandte, um ebenfalls das Haus zu verlassen, legte Lili ihm plötzlich eine Hand auf den Arm. »Ben …«

Er sah sie überrascht an.

Lili schien ihm etwas mitteilen zu wollen, aber sich nicht so recht zu trauen, damit herauszurücken.

Ben spürte, dass sich sein Magen verkrampfte. Auf was für eine Hiobsbotschaft konnte er sich denn jetzt noch freuen?

Aber dann ging die Haustür wieder auf, und Emma warf Ben einen verärgerten Blick zu. »Wo bleibst du?«

»Bis später«, sagte Lili schnell zu Ben.

Er verließ das Haus mit einem verdammt miesen Gefühl.

Es war noch dunkel, als Ben und Emma durch den hohen Schnee stapften, der über Nacht stetig gefallen war und den vertrauten Straßenzügen ein ganz neues Aussehen verlieh. Bens Kopf schmerzte, was einerseits an dem eisigen Wind liegen mochte, andererseits an den vielen Gedanken, die in seinem Gehirn um die Vormachtstellung kämpften. Wie sollte er Emma beibringen, wo sie ihre Tochter finden konnten? Worüber wollte Lili unbedingt mit ihm sprechen? Außerdem wusste Ben immer noch nicht, ob Joseph und Grit eine Affäre begonnen hatten und seine Eltern noch immer etwas füreinander empfanden. Genauso wenig war Ben klar, ob sein Vater die Backtemperatur des Herds hochgestellt hatte, um auf kindische Art und Weise Joseph eins auszuwischen. Und Bens Angst davor, bald wie seine Schwester arbeitslos zu sein, brachte sich auch wieder wie ein aufdringlicher, hassenswerter Ohrwurm in Erinnerung.

Vor allem war da aber die Frage, ob Theresa ihn wirklich angelogen hatte – und ob es sein Baby war.

Der Gedanke erfüllte ihn gleichzeitig mit überschäumender Hoffnung und lähmender Angst. Denn wenn er tatsächlich der Vater des Kindes war (und das war durchaus möglich, da es diesen einen Nachmittag am Tag vor dem letzten Gerichtstermin gegeben hatte), dann schien es nur eine Erklärung zu geben, warum Theresa die Geschichte mit Oliver erfunden hatte: Sie wollte ihn nicht mehr in ihrem Leben haben. Weder als Partner noch als Kindsvater mit Besuchsrecht.

Warum hatte Theresa dann seine Nähe gesucht?

Aber vielleicht machte er sich zu viele Gedanken. Vielleicht redete er sich alles bloß ein. Manchmal waren die Dinge eben doch das, was sie zu sein schienen. Und Theresa war nie jemand gewesen, der sich hinter Ausflüchten versteckte. Bestimmt hatte sie Oliver nicht einfach erfunden.

Andererseits …

Emma kniete sich auf einmal nieder und ließ ihre Hand durch den Schnee gleiten.

»Was machst du da?«, fragte Ben.

»Die Spuren stammen von ihr«, erklärte Emma.

»Sagt wer – Winnetou?«

»Sie ist *hier lang* gegangen!«, beharrte Emma und stapfte weiter, eifrig bemüht, die Fußspuren im Schnee vor ihnen nicht kaputt zu treten. Als sich die Spuren am Ende der Straße mit anderen kreuzten und verloren, blieb Emma enttäuscht stehen.

»Und jetzt?«, fragte Ben genervt.

»Sag du's mir! Gestern hast du Marie doch auch wiedergefunden!«

»Das war reiner Zufall.«

»Ja, klar«, schnaubte Emma.

»Sie hatte am Abend was erwähnt von wegen letzte Weihnachtseinkäufe und so. Aber wo sie heute Morgen hinwollte …« Er zuckte demonstrativ die Achseln. Er hoffte, dass er Emma überreden konnte, nach Hause zurückzukehren und auf Maries Rückkehr zu warten. In der Zwischenzeit würde er versuchen, sich davonzustehlen und zum Krankenhaus zu eilen, um Marie hoffentlich noch rechtzeitig abzufangen, bevor sie … Ben seufzte. Er glaubte zwar nicht, dass Marie sich etwas antun würde, wenn sie erfahren sollte, tatsächlich schwanger zu sein. Trotzdem wollte er auf keinen Fall, dass sie mit der Wahrheit allein wäre.

Emma starrte ihren Bruder an. Ihre Augen, ohnehin bereits gerötet von zu wenig Schlaf und zu vielen Tränen, funkelten ihn vorwurfsvoll an.

»Sag's doch endlich«, murmelte sie.

»Was?«

»Los – spuck's aus!«

Ben schluckte. Hatte er sich irgendwie verraten? Hatte sie ihn und Lili vorhin belauscht?

»Emma …«

»Jetzt komm schon!«, schrie sie ihn an und stieß ihn mit beiden Händen an, sodass er rückwärts stolperte. »Ich weiß, was du die ganze Zeit denkst. Schon seit Jahren!«

Ben war verblüfft. »Ich weiß wirklich nicht …«

»LÜG DOCH NICHT!« Emma fing an zu weinen, was ihre Wut nur noch steigerte. »Ich bin ein Versager! Ich kann keinen Job länger als ein halbes Jahr halten! Ich bin eine miserable Mutter! Außerdem für Männer langfristig unattraktiv! Und meine Tochter konnte ich auch nicht richtig erziehen!« Emmas Stimme wurde mit jedem weiteren Satz heiserer, sie schniefte, verschluckte sich und musste schließlich ihre Hasstirade wegen eines heftigen Hustens unterbrechen.

»Ist doch alles Quatsch«, widersprach Ben.

»Das ist genau das, was du denkst! Was ihr alle denkt!«

Ben schnaubte ungläubig. Einerseits tat seine Schwester ihm entsetzlich leid, andererseits machte es ihn wütend, wie sehr sie die Situation verkannte.

»Kein Wunder«, fuhr Emma fort. »Was habe ich schon vorzuweisen? Und gegen dich kam ich schließlich nie an!«

»Was soll das heißen?«

»Na, was wohl?«, lachte Emma herablassend. »Der kluge, erfolgreiche, ach so verständnisvolle Ben, der zusammen mit seiner Jugendliebe nach Höherem strebt und in die Großstadt zieht, um so richtig Karriere zu machen, während seine orientierungslose, untalentierte kleine Schwester einen Fehler nach dem anderen macht. Sich schwängern lässt. Sich verlassen lässt. Keine richtige Ausbildung macht und am Ende sogar putzen gehen muss!«

Ben rieb sich über die schmerzende Stirn. »Du hast doch keine Ahnung«, begann er.

»Ach, nein?«

»Das mit der Jugendliebe, zum Beispiel …«

»Eure Scheidung? Das war doch gar nichts! Das war nur ein winziges kleines Detail, das eure andauernde private Seifenoper für alle anderen noch viel interessanter gemacht hat!« Emma wischte sich schniefend den Rotz von der Nase. »Und nach eurem perfekt getimten Auftritt gestern ist auch dem Blödesten klar, dass ihr wieder zusammenkommt!«

Ben schüttelte den Kopf, obwohl er Emmas Vorwurf insgeheim als hoffnungsvoll empfand – offenbar war er nicht der Einzige, der in Theresas Verhalten eine tiefere Bedeutung zu entdecken glaubte.

Emma seufzte erschöpft, aber auch ein wenig erleichtert. So sehr ihr die Verzweiflung zusetzte, so gut hatte es ihr getan, sie einmal herauszulassen.

Ben betrachtete seine Schwester. Wie viel Traurigkeit sie seit so vielen Jahren mit sich herumgetragen hatte, ohne dass sie es ihn ein einziges Mal hatte spüren lassen. Ihre Gefühle der Zurückweisung, Geringschätzung und Hoffnungslosigkeit hatte er wohl nie mit dem nötigen Ernst bedacht. Auch wenn er überzeugt davon war, dass das meiste davon unberechtigt, sogar ungerecht war – für

Emma schien dies die quälende Wirklichkeit zu sein.

Ben war zu sehr mit seinen eigenen Problemen beschäftigt gewesen. Und das erschien ihm weniger egozentrisch als normal. Aber über Emmas Vorwürfe hinweggehen wie sonst konnte er jetzt nicht mehr.

»Mein Job ist auch nicht mehr sicher«, sagte Ben. »Die Agentur steht kurz vor dem Ruin. Und meine Vorstellungsgespräche bei anderen Unternehmen waren die reinste Katastrophe.«

Emma musterte ihren Bruder überrascht, winkte dann genervt ab. »Reden wir nicht mehr drüber.«

»Wie bitte?«

»Das deprimiert mich alles viel zu sehr. Und auf große Versöhnungsszenen steh ich auch nicht, okay?« Sie hustete noch einmal, um ihre Stimme zu klären. »Ich hab gesagt, was ich loswerden wollte. Du hast zugehört. Das reicht.«

Sie wollte weiter, aber Ben hielt seine Schwester an beiden Schultern fest, sodass sie ihn ansehen musste.

»Emma«, sagte er eindringlich. »Du bist kein Versager. Ich habe dich auch nie als einen betrachtet. Und unseren Eltern bedeutest du genauso viel wie ich – nämlich die Welt!«

Emma sah Ben in die Augen. Einen Moment lang glaubte er, sie würde wieder anfangen zu weinen. Dann aber nickte sie nur und sagte leise: »Ja, ja ...«

Ben zögerte. »Und was deine Tochter angeht ...«

»Ich weiß schon.« Sie seufzte und zog eine Grimasse. »Es war wegen Peer.«

»Peer?«

»Du kennst ihn«, sagte Emma, als würde sie kapitulieren. »Du bist gestern hinter ihm in den Baum gesegelt.«

Eins musste Ben seiner Schwester lassen – sie konnte ihn immer wieder überraschen.

»Der Pfarrer?«

Emma zuckte die Schultern. »Ich kenne ihn noch von früher. Als er noch kein Pfarrer war. Vor ein paar Monaten sind wir uns wieder über den Weg gelaufen ... und nicht nur das.«

Ben wusste nicht, was er sagen sollte.

»Marie hat's irgendwie mitgekriegt. Obwohl ich wirklich alles versucht habe, um sie da rauszuhalten. Und gestern Abend, als er anrief, um sich mit mir zu verabreden, fing sie plötzlich an, mir wilde Vorhaltungen zu machen. Als wäre *sie* die Mutter. Sie hat gesagt: Das mit Peer hätte doch keine Zukunft. Ich würde nur wieder unglücklich werden. Warum ich mich ausgerechnet jetzt noch verletzbarer machen wollte, wo doch alles auseinanderbricht.« Emma lachte heiser. »Total hysterisch und überdramatisch – du weißt ja, wie sie ist.«

Ben lächelte gezwungen. Er konnte sich durchaus vorstellen, warum Marie so übertrieben reagiert hatte – und was sie damit kompensierte.

»Aber was soll's – *ich* bin nun mal die Mutter. Und als solche werde ich so reagieren, wie man es von einer Erwachsenen erwartet.«

»Kopflos und verzweifelt?«

Emma lachte.

Sie gingen weiter. Nach ein paar Schritten stoppte Emma ihren Bruder, indem sie ihn kurz, aber kräftig umarmte und ihm einen Kuss auf die Wange drückte.

»Alles wieder klar?«, fragte sie.

Ben begegnete ihrem Blick. Und konnte nicht länger lügen. »Da ist noch was …«

Emmas Blick verfinsterte sich.

Auf dem Weg zum Krankenhaus wechselten sie kein Wort mehr miteinander. Aber nicht, weil Emma stocksauer war und abgrundtief enttäuscht, sondern panisch. Das Einzige, an das sie noch denken konnte, war ihre Tochter. Und das, was sie beide nun erwartete.

»Sie schon wieder.«

Die Tatsache, dass Ben mit einer anderen Frau an

seiner Seite als am Vortag aufgetaucht war, irritierte die Krankenschwester. Vorsichtshalber bat sie Emma, sich auszuweisen. Dann forderte sie die beiden auf, einen Moment zu warten. Aber weder Emma noch Ben waren ruhig genug, um Platz zu nehmen.

Ben fragte sich, was er wohl sagen konnte, um Emma von dem drohenden Nervenzusammenbruch abzuhalten, der sich damit anzukündigen schien, wie ihre zitternden Finger am Reißverschluss ihres Anoraks zupften. Ben überlegte, ob es angebracht wäre, ein Stoßgebet zum Himmel zu schicken, entschied sich aber dagegen. War es nicht sowieso kindisch, Gott darum zu bitten, etwas rückgängig zu machen, was man selber angerichtet hatte? Lag es nicht in der eigenen Verantwortung, eine Lösung zu finden? Ben war der Ansicht, dass ein allmächtiger Gott den Menschen nicht umsonst den freien Willen gegeben hatte und damit das Vertrauen, sich von nun an selbst umeinander zu kümmern. Natürlich hatte die Menschheit vor allem eins bewiesen: dass sie zu blöd, zu gierig und zu unmenschlich war, um in Frieden miteinander und der Natur um sich herum zu leben. Aber vielleicht hatte Gott ja trotzdem noch Hoffnung für seine Schöpfung, so wie eine Mutter für ihr ständig quengelndes, unbeherrschtes Kind.

Die Alternative war natürlich auch möglich: Gott hatte sich längst enttäuscht abgewandt und für nicht mehr zuständig erklärt. Dass Gott nur noch dasaß, um das Geschehen auf der Welt mit sadistischer Freude zu beobachten, als wäre es eine globale Reality-Show, wollte Ben sich allerdings nicht vorstellen. Sollte es am Ende doch so sein, war es vermutlich besser, das nie zu erfahren.

Als Marie den Korridor herunterkam, packte Emma unwillkürlich mit einer Hand Bens Arm. Marie, das konnten sie schon aus der Entfernung sehen, weinte.

Ben wollte es nicht wahrhaben. Seine kleine Nichte. Ein paar Minuten hatten ihre ganze Zukunft verändert. Ein Fehler – und das war's. Emma fing nun ebenfalls an zu weinen. Einen Moment lang befürchtete Ben, dass sie auf ihre Tochter losgehen, sie schütteln und ihr ins Gesicht schlagen würde. Instinktiv griff er nach Emmas Schultern, doch dann fing Marie an zu laufen, immer schneller, auf sie zu, bis sie ihrer Mutter in die Arme fiel und sich verzweifelt an ihr festklammerte.

»Nein«, sagte sie dann und schüttelte glücklich den Kopf.

»Du bist nicht …?«

Wieder schüttelte Marie den Kopf, und Emma presste sie mit verzweifeltem Lachen an sich, bevor sie anfing zu schluchzen.

Ben atmete erleichtert aus. Marie strich ihm mit

ihrer Hand liebevoll über seine Wange, während Emma sie immer noch fest an sich drückte.

Unentschlossen, ob er sich an der Umarmung beteiligen sollte, blieb Ben neben den beiden stehen. Obwohl er kein Stoßgebet gen Himmel geschickt hatte, spürte er auf einmal eine gewisse Verpflichtung, derzufolge er das Krankenhaus nicht verlassen konnte, ohne das zu tun, was er die ganze Zeit aufgeschoben hatte.

Lili hatte sich ins Badezimmer zurückgezogen und die Tür abgeschlossen. Jetzt saß sie auf dem Boden und lehnte sich mit dem Rücken an die gekachelte Außenseite der Badewanne. Ihr Blick erfasste ihr Abbild im großen Spiegelschrank neben der Tür. Nachdenklich fuhr sie durch ihr zerzaustes, rotblondes Haar, beobachtete amüsiert, wie es sich nicht glätten ließ, sondern weiter wild vom Kopf abstand.

Sie lachte und berührte mit den Fingern vorsichtig ihren Mund, ihre Zähne, ihre Zunge. Und bemerkte erstaunt, dass Tränen aus ihren Augen hinabrannen.

Dann zog sie etwas aus dem Bund ihres Rocks heraus. Ein Foto, das sie aus Kirstens Album entwendet hatte. Es zeigte Ben und Emma zu Kinderzeiten. Carl und Kirsten hockten lachend hinter ihnen und hatten ihre Arme um sie gelegt. Das Bild musste im Garten hinter dem Haus aufgenommen worden sein, irgendwann im Sommer.

Eine Träne fiel auf das Foto. Eilig wischte sie sie mit ihrem Ärmel ab.

Lili fragte sich, wie lange sie noch bleiben konnte. Sie hatte nicht damit gerechnet, wie sehr sie das Ganze mitnehmen würde. Sie verspürte den Drang, Ben die Wahrheit zu sagen. Aber sie wusste, dass das alles nur noch schlimmer machen würde.

Ben stand so lange vor der Tür des Krankenzimmers, dass ein Pfleger auf ihn aufmerksam wurde und im Gespräch mit einer anderen Krankenschwester zu ihm hinüber deutete. Schließlich drückte Ben die Klinke hinunter und trat ein.

Ein Geruch aus abgestandenem Essen und Desinfektionsmitteln stieg ihm in die Nase. Das Zimmer war quadratisch und klein. Die gelben Vorhänge waren vom Fenster zurückgezogen und boten einen Blick auf die verschneiten, menschenleeren Straßen.

Inmitten des Zimmers stand ein einzelnes Bett. Dem Mann, der darin lag, hatte man den Kopf bis zu den Augen mit einem dicken Verband umwickelt. Das Gesicht war bleich und aufgedunsen, und die blassblauen Augen wanderten vom Fenster hinüber zur Tür, um seinen Besucher zu mustern. Michael Hagedorns trockener Mund wandelte sich zu einem freundlichen Lächeln.

»Das hat aber gedauert«, sagte er.

Unbehaglich trat Ben näher. Zur Begrüßung wollte er Michaels rechte Hand schütteln, sah dann aber, dass auf dem Handrücken ein Zugang für den Tropf gelegt worden war. Michael hob die andere Hand, sodass Ben sie ungelenk mit seiner Linken schüttelte.

»Wie geht's dir?«

»Super«, erwiderte Michael. »Sieht man das nicht?«

Ben lächelte höflich. Der augenzwinkernde Humor in Michaels Stimme war sicher bei zahlreichen Krankenbesuchen perfektioniert worden.

»Setz dich«, forderte Michael ihn auf.

Ben sah sich nach einem Stuhl um, fand aber keinen. Michael klopfte mit seiner Hand auf den Rand seines Bettes.

»Hier ist noch Platz«, grinste er.

Ben blieb lieber stehen. Eine Zeit lang versuchte er Michaels Blick zu begegnen, schaffte es aber nicht. »Scheiße«, murmelte Ben.

»Kannste wohl laut sagen«, erwiderte Michael.

»Hast du … Schmerzen?«

»Nö.« Michael deutete auf den Tropf. »Nicht mehr.«

»Was sagen die Ärzte?«

»Sie sagen, dass sie nicht mehr rausholen konnten.« Michael deutete auf seinen Kopfverband. »Ich hatte ihnen ja vor der OP befohlen, gefälligst mein Sprachzentrum in Ruhe zu lassen, für den Fall, dass du mich auch mal belästigst und ein kleines Pläuschchen halten willst.«

Ben sah Michael irritiert an.

»Der Tumor hat es sich echt gemütlich gemacht«, erklärte Michael mit ironischem Lächeln, »und außerdem noch ein paar Zweigstellen eröffnet.«

»Seit wann weißt du's?«

»Letztes Jahr fing es an. Dann kam die erste OP, die erste Chemo. Der erste Erfolg, die erste Erleichterung, der erste Rückfall. Und vor zwei Wochen die zweite OP. Die zweite Chemo mach ich aber nicht. Auch wenn die Ärzte glauben, dass es noch was bringen kann.«

»Ich versteh nicht …«

»Ja meinst du, ich will, dass mir schon wieder die Haare ausfallen? Wie sieht das denn aus?« Michael zog eine ironische Grimasse. »Außerdem hab ich schon so viel gekotzt, das muss für ein Leben reichen.«

Ben schüttelte den Kopf. »Ich versteh natürlich, dass das alles kaum zu ertragen ist. Aber wenn du dein Leben noch retten könntest …«

»Ist schon okay, so wie es jetzt ist.«

Ben sah Michael verständnislos an.

»Ich bin nicht verheiratet«, begann Michael zu erklären, »ich habe keine Kinder. Meine Freundin hat vor Jahren mit mir Schluss gemacht. Meine Eltern sind beide tot. Ich habe keine Geschwister. Und mein Job macht mir auch schon seit viel zu langer Zeit keinen Spaß mehr. Wofür soll ich also noch weiterleben? Okay, meine Jazzplatten werde ich bestimmt vermissen. Auch die Muschel-Pizza von Luigi. Aber sonst?«

»Jetzt komm, das ist doch nicht …«

»Bowlen gehen. Stimmt, das auch.«

Ben war sprachlos.

»Ich bin bereit«, fasste Michael zusammen. »Das ist mehr, als die meisten sagen können, oder?«

Ben starrte seinen alten Freund an. »Ich glaub dir kein Wort.«

»Dann eben nicht.«

»Verdammt noch mal – du bist nicht mal vierzig. Du kannst noch nicht sterben wollen!«

»Hey, nur weil du es nicht kapierst …«

»Ach, halt doch die Klappe! Meinst du, in meinem Leben sieht alles rosig aus? Wenn ich nach Weihnachten in meine abgewrackte Wohnung zurückkehre, wartet da auch niemand auf mich. Und wenn meine Nachbarn laut feiernd aufs neue Jahr anstoßen, werde ich beim Feuerwerk nur daran denken, wie viele Träume von mir noch zerplatzen werden«, entrüstete sich Ben.

»Ja, aber du liegst nun mal nicht hier«, gab Michael zu bedenken.

Ben begegnete Michaels Blick. »Glaubst du etwa, dass alles besser wird, wenn du tot bist? Glaubst du, du siehst deine Eltern wieder?«

Michael zuckte die Achseln. »Wer weiß?«

Ben schnaubte verächtlich.

»Du jedenfalls nicht«, beantwortete Michael seine Frage.

»Du auch nicht!«, gab Ben zurück.

»Aber ich werde es wissen, und vermutlich sogar früher als du.«

Die beiden funkelten sich an. Und mussten plötzlich gleichzeitig lachen.

Ben setzte sich auf Michaels Bettrand und wischte Tränen aus den Augen, die nicht nur vom Lachen gekommen waren. »Ich hätte mich schon viel früher melden sollen.«

»Ich hätte mir mal ein anständiges Auto kaufen sollen.«

»Wir hätten nie bei diesem Dorffest auftreten sollen.«

»Als die uns mit Currywurst beworfen haben?«

»Dabei waren wir gar nicht so übel«, fand Ben.

»Wir haben bloß nicht das gespielt, was die wollten.«

Michael grinste. »Wir haben nie gespielt, was unsere Zuhörer wollten.«

»Deshalb waren wir ja auch so erfolgreich«, sagte Ben lachend.

»Und ich hätte damals Paula Weingarten küssen sollen.«

»Auf dem Abschlussball?«

»Aber ich war zu betrunken.«

»Du warst zu schüchtern«, verbesserte Ben.

»Sie konnte einen auch ganz schön schüchtern machen«, verteidigte sich Michael.

»Was ist eigentlich aus ihr geworden? Sie ist doch nach dem Abi auch von hier weggezogen …«

»Sie ist glücklich verheiratet, reich und hat drei Kinder.«

»Du verarschst mich.«

»Nein.«

»Hat sie dich etwa besucht?«

»Nein«, sagte Michael. »Theresa hat's mir erzählt.«
Ben verstummte.

»Sie war in den letzten Wochen öfter hier. Fast jeden Tag.« Michael sah Ben an. »Du hattest mit ihr echt das große Los gezogen.«

Ben wandte den Blick ab und starrte eine Zeit lang durchs Fenster auf die schneebedeckten Straßen hinaus. Die Wolkendecke war aufgerissen, und die Sonne war zum Vorschein gekommen.

»Ich sollte dir vermutlich raten, um sie zu kämpfen«, sagte Michael schließlich.

Ben lächelte dünn. »Ich wette, Oliver hätte da was gegen«, sagte er.

»Wer?«

Ben sah Michael an. »Oliver. Der Vater ihres Kindes. Ihr zukünftiger Mann.«

Michael zuckte verständnislos die Achseln.

»Sie muss dir doch von ihm erzählt haben«, fragte Ben irritiert.

»Vielleicht«, seufzte Michael und schloss die Augen. Sein Kopf neigte sich zur Seite.

»Michael?« Besorgt beugte sich Ben zu ihm vor.

Michael antwortete nicht.

»Hey, alles in Ordnung?«

»Machst du Witze?«, gab Michael zurück, ohne die Augen zu öffnen.

»'tschuldige, ich …«

»Du dachtest, ich kratze hier direkt vor deinen Augen ab?« Michael sah ihn wieder an. »Nur weil du einmal alle Jubeljahre vorbeikommst, kriegst du doch nicht gleich das Beste mit.«

Ben knuffte ihn in die Seite. »Na gut«, sagte er. »Dann komm ich halt noch ein paar Mal wieder.«

»O Gott …«

»Da musst du durch.«

»Hauptsache, du verschwindest jetzt erst mal. Ich bin irgendwie müde.«

Ben musterte ihn besorgt, was bei Michael Augenrollen auslöste. »Das ist völlig normal.« Er zeigte auf den Tropf. »Wenn du das Zeug hier intus hättest, würdest du mir schon längst einen vorschnarchen.«

»So schlecht, wie ich in letzter Zeit schlafe, könntest du mir ja was davon abgeben. Aber nein – da besucht man dich und bekommt nicht mal einen Kaffee.«

Michaels Augen fielen wieder zu. Ben wollte noch etwas sagen, aber Michael schien bereits eingeschlafen zu sein.

Ben stand auf. Der Besuch war nicht so schlimm gewesen, wie er gedacht hatte. Tatsächlich hatte er ihn sogar genossen, und er freute sich wiederzukommen. Selbst nach all den Jahren waren Michael und er immer noch in der Lage, da weiterzumachen, wo sie aufgehört hatten. Vielleicht war es das, was Freundschaften ausmachte und von einer bloßen Bekanntschaft abgrenzte. Auf jeden Fall war es etwas, das Ben sehr lange – zu lange – nicht mehr erlebt hatte.

Er erinnerte sich an den Tag, an dem sie sich im Kindergarten begegnet waren und Michael ihm zur Begrüßung einen Bauklotz an den Kopf gehauen hatte. Ben erinnerte sich auch an die Fahrradprüfung, bei der Michael vor ihm hergefahren und ihm mit seiner sicheren Art eine entscheidende Hilfe gewesen war. Ben dachte an die Zeit, in der sie beide angefangen hatten, sich ernsthaft für ihre Mitschülerinnen zu interessieren, und sich gegenseitig erzählt hatten, für wen sie schwärmten. Vor Bens innerem Auge tauchten Bilder ihres letzten Schultags auf, an dem sie noch einmal gemeinsam durch das alte Schulgebäude gewandert waren und sich geschworen hatten, sich nicht aus den Augen zu verlieren.

Michael hatte gewusst, dass Ben und Theresa aus der Stadt fortgehen würden, aber keiner von ihnen hatte daran gezweifelt, dass sie ihr Versprechen unzerstörbarer Freundschaft einhalten würden. Es war eine Zeit, in der sie sich, endlich frei von der Schule, unbesiegbar fühlten und unheimlich erwachsen. Eine Zeit, in der alles möglich schien und die Zukunft unbegrenzt.

»Sie verdient es besser.«

Ben hatte schon fast das Zimmer verlassen, als er Michaels Stimme hörte.

»Was hast du gesagt?«

Michael seufzte leise, seine Augen fielen immer wieder zu. »Sie verdient es, glücklich zu sein.«

»Verdienen wir das nicht alle?«

Michael gelang ein Lächeln.

Auf dem Weg nach Hause entschied sich Ben, einen kleinen Umweg zu machen.

Das Haus, in das Theresa nach dem Tod ihrer Mutter eingezogen war, lag in prächtiger Mittagssonne. Die Temperaturen lagen immer noch unter dem Gefrierpunkt, was den Schnee erhärten und glitzern ließ. Vor Bens Mund bildeten sich mit jedem Atemzug kleine Rauchwolken, aber obwohl er fror, fühlte er sich auf einmal so glücklich wie lange nicht mehr. Vielleicht lag es daran, dass Michael immer noch lebendig genug wirkte und Ben das Gefühl hatte, ihm möglicherweise doch einen Funken neuen Lebensmut eingehaucht zu haben. Sicher war auch die Tatsache dafür verantwortlich, dass Marie wenigstens noch ein kleines bisschen länger Kind sein durfte. Und dass Emma nun wusste, dass ihr Bruder genau so auf gut Glück vor sich hin lebte wie sie.

Ben erreichte Theresas Haustür und drückte auf die Klingel.

Er atmete tief durch.

Nichts passierte.

Er klingelte erneut.

Immer noch nichts.

Stirnrunzelnd trat Ben von der Haustür zurück und schaute zu den Fenstern im oberen Stockwerk hinauf. Die Vorhänge waren zur Seite gezogen, aber dahinter war niemand zu sehen. Ben spähte auch durch die Fenster im Erdgeschoss, wobei sein Atem die Glasscheiben beschlug. Aber Theresa schien nicht zu Hause zu sein.

Einen Moment lang überlegte er, ob er sie auf ihrem Handy anrufen sollte. Aber was hätte es ihm genutzt, sie in einer ungünstigen Situation zu erwischen? Am Telefon wollte er sowieso nicht mit ihr über Oliver reden. Dafür musste er ihr schon in die Augen sehen können.

Ben beschloss, es später noch einmal zu probieren.

»Kommst du mal?«

Ben war gerade nach Hause zurückgekehrt, als seine Mutter ihn abfing und zu sich ins Wohnzimmer bat. Ben folgte ihr mit ungutem Gefühl. Obwohl seine Mutter ihn freundlich angelächelt hatte, spürte er es, wenn sie ein ernstes Gespräch mit ihm führen wollte. Ging es um Joseph und Grit? Wo waren überhaupt alle? Im Haus herrschte schon wieder eine merkwürdige Stille.

»Ist irgendwas?«, fragte Ben.

»Es geht um Lili«, antwortete seine Mutter.

»Ich wollte sowieso mit ihr reden.«

Kirstens Blick wurde nachdenklich. »Verrat mir doch bitte, was wirklich zwischen euch läuft.«

»Nichts«, sagte Ben ehrlich.

»Ben, sie ist eine hübsche junge Frau, die du zu Weihnachten zu deinen Eltern mitnimmst.«

»Das war reiner Zufall.«

»Ich glaube nicht an Zufälle.«

»Tja – das hier war einer.« Ben lächelte seine Mutter an. »Wir sind uns wirklich im Zug begegnet und dann … Ich weiß, es war überstürzt von mir, sie einfach einzuladen. Aber eigentlich hatte ich bislang den Eindruck, dass sie sich trotz allem ganz wohl bei uns fühlt.«

»Ich fürchte, deine Lili kann ganz ausgezeichnet Leuten das Gefühl geben, dass sie glücklich ist.«

»Sie ist nicht *meine* Lili.«

»Ich weiß das. Aber sie auch?«

Ben seufzte genervt. »Wie gesagt – ich wollte sowieso gerade mit ihr reden.«

»Aber Vorsicht«, mahnte Kirsten. »Sie soll nicht das Gefühl bekommen, dass wir sie loswerden wollen. Ich mag sie nämlich wirklich gern. Soweit man das von jemandem sagen kann, den man kaum kennt.«

Ben seufzte genervt. Seine Mutter hatte wieder ihren Therapeutinnen-Tonfall, der ihm seit seiner Kindheit ein schlechtes Gewissen machen konnte. Er beschloss, ihre Lieblingsstrategie anzuwenden und das Thema zu wechseln. »Wo sind eigentlich Joseph und Grit?«

»Spazieren.«

Ben sah seine Mutter an.

»Zusammen mit Carl, Marie und Emma zur Rodelbahn«, fuhr Kirsten fort.

»Warum bist du nicht mitgegangen?«

»Weil Lili nicht mitgehen wollte. Ich konnte sie hier doch nicht allein lassen.«

Ben fixierte seine Mutter. »Ist das der einzige Grund?«

»Welchen sollte es sonst geben?«, erwiderte seine Mutter und strich mit der Hand über den Telefontisch. Sie schien erleichtert, darauf Staub zu entdecken. So konnte sie erst einmal in der Küche verschwinden, um etwas zum Staubwischen zu holen.

Als Ben sein Zimmer betrat, hockte Lili auf dem Bett und schaute fern.

»UND DAS BEI DEM SCHÖNEN WETTER!«, äffte Ben Grits Tonfall nach.

Lili lächelte. Sie zappte zu einem anderen Kanal, und bevor Ben noch sehen konnte, was dort lief, schaltete sie zum nächsten um. Gleichzeitig fragte Lili ihn: »Wie war's?«

»Wie war was?«

»Dein Besuch bei deinem Schulfreund.« Lili zwinkerte ihm zu. »Emma hat mir erzählt, dass du seinetwegen im Krankenhaus geblieben bist.«

Ben ließ sich in den Sessel gegenüber dem Bett fallen. »Es war … ganz okay.«

Lili lächelte. »Warst du auch noch bei Theresa?«

»Sie war nicht zu Hause«, murmelte er.

»Wo könnte sie denn sein?«

»Weiß nicht. Hör mal … was wolltest du mir eigentlich heute Morgen sagen?«

»Das hat sich schon erledigt.« Lili zappte weiter durch die Fernsehprogramme.

»Lili …«

»Vergiss es«, sagte sie und setzte ein fast glaubwürdiges Lächeln auf.

Ben war ratlos. Zum einen gab Lili ihm ständig das Gefühl, längst zu wissen, was er als Nächstes sagen würde. Zum anderen schien sie etwas zu verheimlichen und war fieberhaft bemüht, seinen Fragen danach auszuweichen. Wahrscheinlich war sie genauso verschlossen wie er selber. Und das, merkte er, konnte verdammt frustrierend sein.

»Weißt du«, versuchte Ben es noch einmal, »wir machen uns ein wenig Sorgen um dich.«

»Deine Mutter?«

»Ja, die auch. Aber – nicht nur. Also … auch ich … weil …«

Lili pfiff unruhig durch ihre Zähne.

Ben nahm einen neuen Anlauf. »Ich hätte dir vermutlich von Anfang an sagen müssen, dass ich keine … äh … weiterführenden Absichten habe.«

»Natürlich nicht. Igitt.« Lili schüttelte sich und verzog das Gesicht.

Ben errötete und kratzte sich verlegen am Ohr, während Lili zum nächsten Fernsehsender schaltete.

»Warum hab ich das Gefühl, dass du in Wahrheit jemand bist, der sehr unglücklich ist?«, fragte Ben schließlich.

Lili schwieg.

»Du kannst wirklich gern mit mir darüber reden«, beharrte Ben.

»Nettes Angebot, falsche Person.«

»Gut, wenn nicht mit mir, dann vielleicht mit meiner Mutter, sie ist immerhin Therapeutin und könnte sicher …«

Lili stöhnte auf. »Du kapierst es einfach nicht.« Sie schaltete den Fernseher aus und stand auf.

»Jetzt bleib doch hier.«

»Geht nicht.«

»Was meinst du damit?«

»Was ist eigentlich mit dem Baby passiert?«, unterbrach Lili ihn plötzlich. Ihre Stimme hatte einen ungewöhnlich bitteren Tonfall angenommen. »Deine Mutter war nach dir und Emma noch einmal schwanger. Ihr müsst ungefähr zehn und acht Jahre alt gewesen sein.«

Ben antwortete nicht.

»Deine Schwester wollte auch nicht darüber reden.«

»Deshalb interessierst du dich für jede Einzelheit, die du über uns herauskriegen kannst«, sagte Ben kühl. »Damit du genug Munition hast, um uns davon abzuhalten, über *dein* Problem zu sprechen.«

»Das ist es nicht.«

»Wie auch immer.« Ben ging an ihr vorbei zur Tür.

»Es ist nur …« Lili seufzte. »Deine Mutter hat so geweint gestern Nacht. Sie hat so furchtbar geweint, und ich wusste nicht, was ich tun sollte …«

»Tu mir einen Gefallen«, sagte Ben. »Vergiss es!«

»Es ist gestorben, nicht wahr?«

Ben hatte schon die Türklinke in der Hand, aber ihm fehlte auf einmal die Kraft, sie hinunterzudrücken.

»Deshalb gibt es keine Fotos davon. Und die Schwangerschaft deiner Mutter kann man auch nur auf dem einen Bild sehen.«

Ben antwortete nicht. Er schaffte es schließlich, die Klinke herunterzudrücken, und ließ Lili allein zurück.

Es wurde bereits wieder dunkel, als Ben gegen halb fünf das Haus verließ. Die Weihnachtsbeleuchtungen der Häuser hoben sich deutlich gegen den immer dunkler werdenden violett-blauen Himmel ab. Obwohl es den ganzen Tag nicht geschneit hatte, war der in der Nacht gefallene Schnee wegen der eisigen Temperaturen liegen geblieben. Die Straße sah genauso aus wie am Morgen. Emmas verbeulter Kleinwagen war immer noch vollständig von Schnee eingehüllt. Es war, als hätte jemand die Zeit zurückgedreht. Dennoch hatte sich für Ben alles verändert. Und tief in ihm saß ein merkwürdiges Unbehagen, weil er nicht wusste, ob diese Veränderung gut war – oder beunruhigend.

Eine halbe Stunde zuvor waren sein Vater, Grit, Joseph, Marie und Emma erstaunlich fröhlich vom Rodeln zurückgekehrt. Anschließend hatten sie alle in der Küche gesessen und sich mit Tee und Kaffee aufgewärmt. Sogar Lili hatte sich ihnen angeschlossen. Obwohl der Streit sie beide durcheinander und unglücklich zurückgelassen hatte, konnte man weder Ben noch Lili davon etwas ansehen. Eigentlich war es im Haus der Sengers genau wie früher. Ein Außenstehender musste den Eindruck gewinnen, sie seien eine große Bilderbuchfamilie.

Als Ben Theresas Haus erreichte, machte sich bei ihm Erleichterung breit: Im oberen Stockwerk brannte Licht.

Ben drückte auf die Klingel.

Mehrfach. Ohne Erfolg. Was war hier los? Als er vorhin vorbeigekommen war, hatte das Licht noch nicht gebrannt, also musste Theresa inzwischen hier gewesen sein. Aber wo war sie jetzt?

Die erste Möglichkeit lautete: irgendwo unterwegs.

Die zweite machte ihm Sorgen. Was war, wenn irgendetwas mit dem Baby nicht stimmte? Schließlich war Theresa gestern Morgen deswegen beunruhigt gewesen und zum Krankenhaus gegangen. War sie vielleicht heute Morgen dorthin zurückgekehrt, um von einem unfähigen Arzt wieder nach Hause geschickt zu werden, dort zusammenzubrechen und nun hilflos auf dem Boden zu liegen?

Die dritte Möglichkeit verunsicherte ihn am meisten: Vielleicht war sie zu Hause, hatte ihn kommen sehen, aber nicht mit ihm reden wollen. Und beim Versuch, schnell alle Lampen im Haus auszuschalten, hatte sie das Licht im Badezimmer vergessen. Es war durchaus möglich, dass sie nach ihrem gestrigen Kuss alles überdacht und beschlossen hatte, den Kontakt zu ihm endgültig abzubrechen.

Nachdem er ein paar weitere Male vergeblich geklingelt hatte, rief er Theresa auf ihrem Handy an. Er erreichte nur die Mailbox. Schließlich klingelte er beim Nachbarn. Tatsächlich konnte sich der erinnern, dass Theresa gegen Mittag kurz zu Hause gewesen sei, um dann wieder davonzueilen. Das Licht im Badezimmer musste sie also wirklich vergessen haben.

Nachdenklich trat Ben den Heimweg an. Zunächst wollte er davon absehen, sich im Krankenhaus nach Theresa zu erkundigen, um nicht paranoid zu erscheinen. Die Überlegung, sie hätte sich wegen vorzeitiger Wehen oder anderer Probleme dort einweisen lassen, ließ ihm jedoch keine Ruhe, und so fragte er an der Pforte nach. Aber im Patientenregister war Theresas Name nicht zu finden. So blieb Ben nichts anderes übrig, als wieder nach Hause zu laufen.

Während er noch darüber grübelte, ob er am Vorabend einen Kardinalfehler begangen hatte und besser bei Theresa geblieben wäre, passierte er den an der Straße geparkten Kleinwagen seiner Schwester. Er war inzwischen weitgehend vom Schnee befreit worden, aber die Scheiben waren so dicht beschlagen, dass Ben nicht ins Innere schauen konnte.

Bens Neugier war zu groß. Er trat auf das Auto seiner Schwester zu und klopfte gegen das Seitenfenster der Fahrertür.

Zunächst tat sich nichts. Erst nach einiger Zeit wischte jemand von innen am Fenster herum, um nach draußen schauen zu können, vermutlich in der Hoffnung, dass der Klopfer entmutigt weitergegangen war.

Ben sah seiner Schwester direkt ins Gesicht. Im nächsten Moment wurde die Beifahrertür geöffnet, und Peer, der Pfarrer, stieg mit hochrotem Kopf aus.

»Guten Abend«, rief er mit gezwungen freundlicher Stimme. »Ich kam gerade von einem Weihnachtsbesuch in der Gemeinde, und Ihre Schwester war so nett, mich nach Hause fahren zu wollen.«

»Macht sie bestimmt gern«, erwiderte Ben. Ihm fiel auf, dass Peers Hosenstall offen stand. Peer bemerkte das nun auch.

»Kalt draußen«, sagte er.

»Hauptsache, die Heizung funktioniert«, erwiderte Ben.

»Bis später«, knurrte Emma, startete den Motor und gab Gas. Als die Räder durchdrehten, musste Ben zur Seite springen, damit der aufspritzende Schnee ihn nicht erwischte.

An diesem Abend ging Lili früh zu Bett. Außerdem schlief sie in einem anderen Zimmer. Ben versuchte nicht, noch einmal mit ihr zu reden, sondern schloss sich dem Rest der Familie an, um im Fernsehen »Vom Winde verweht« anzuschauen. Er musste feststellen, dass er sich am heutigen Tag eher mit Scarlett O'Hara als mit Rhett Butler identifizierte.

Im Verlauf des Abends rief Ben noch ein paarmal vergeblich bei Theresa an. Nicht einmal der Anrufbeantworter schaltete sich ein. Auch ihr Handy schien Theresa abgeschaltet zu haben. Auf ihrer Mailbox hinterließ Ben zwei Bitten um einen Rückruf.

Gegen halb eins, als Emma gerade nach Hause gekommen war, probierte er es ein letztes Mal. Danach war er überzeugt, dass Theresa beschlossen hatte, ihn zu ignorieren.

2. Weihnachtstag

Lili wachte auf und erschrak heftig, als sie den Körper neben sich spürte. Auch das kleine Gästezimmer, in dem sie die Nacht verbracht hatte, war ihr erst einmal fremd. Allmählich konnte sie sich orientieren und daran erinnern, dass Marie gestern Nacht bei ihr angeklopft und gefragt hatte, ob sie bei ihr schlafen dürfe. Emma war zu dem Zeitpunkt noch nicht wieder zurückgekehrt, und Marie mochte nicht alleine schlafen. Lili war sofort für sie zur Seite gerückt.

Anschließend hatten die beiden bis in die frühen Morgenstunden miteinander geplaudert, wie zwei langjährige Freundinnen oder Schwestern, die sich aufgrund des Altersunterschieds und ohne aufeinander eifersüchtig zu sein bestens verstanden. Marie hatte Lili weitere Details aus ihrer – um ein Haar verhängnisvollen – ersten Liebesnacht verraten und von dem jungen Mann erzählt, den sie verführt hatte. Eigentlich, so Marie, hatte sie nur ausprobieren wollen, ob sie überhaupt dazu in der Lage war.

Nach ihren ersten Erfahrungen gefragt, hatte Lili von einem Jungen in ihrer Klasse erzählt, den alle merkwürdig gefunden hatten, weil er nie zu Partys erschien, fast immer mit seinem Walkman herumlief und sich geheimnisvolle Notizen in eine ausgefranste Kladde machte. Aber Lili hatte den Jungen mit seiner verhuschten, sonderbaren Art attraktiv gefunden – im Gegensatz zu ihren Mitschülerinnen, die sich für die stets laut lachenden, sportlichen Gewinnertypen interessierten, die keine Gelegenheit ausließen, sich zu besaufen und zweideutige Witze zu reißen.

Eines Tages war der Junge mit der Kladde von seinen Mitschülern auf dem Schulhof bedrängt worden, weil er bei der Mathearbeit den Anführer der Truppe nicht hatte abschreiben lassen. Der Junge hatte sich mit all seiner Kraft gewehrt, war aber gegen die Übermacht natürlich chancenlos geblieben. Das Schlimmste waren allerdings nicht die Tritte und Schläge gewesen, sondern die Demütigung, als die anderen seine Kladde weggenommen und wild kichernd herumgereicht hatten. Die darin enthaltenen Zeichnungen zeigten eine Mitschülerin, die in der Klasse als außergewöhnlich hübsch galt. Sie hatte an den Jungen nie einen Gedanken verschwendet. Der Junge hingegen hatte kaum noch an etwas anderes denken können. Da er zu schüchtern war, um das Mädchen anzusprechen, war ihm nichts anderes geblieben, als von ihr zu träumen. Und sie zu zeichnen. So, wie er sie sah, aber auch, wie er sie gerne sehen wollte.

An seinen Zeichnungen war nichts Geschmackloses. Vielmehr idealisierte der Junge den Körper des Mädchens, geprägt von jener Makellosigkeit, die Zeitschriften und Filme präsentierten. Man hätte seine Zeichnungen für naiv und sogar kitschig halten können, wäre darin nicht sein unbestreitbares Talent und eine rührende Verwundbarkeit zu spüren gewesen. Für seine weniger empfindsamen Mitschüler war das Ganze natürlich bloß lachhaft, und für seine aus der Ferne bewunderte Mitschülerin unendlich peinlich.

Sie zerrissen seine Kladde, und die Seiten wurden vom Wind über den ganzen Schulhof verteilt. Als der Spaß und die Pause zu Ende waren, hatte der Junge begonnen, die Seiten einzusammeln, was nicht ganz einfach war, da der Wind die Seiten vor seinen Füßen hertrieb, bevor er sie erreichen konnte. Er zupfte sie aus Zweigen und Gebüschen, er holte sie aus Papierkörben heraus, glättete sie und suchte die Streifen der zerrissenen Seiten zusammen, die in alle Richtungen geweht wurden. Während die meisten Klassenkameraden dieses Verhalten als weiteren Beweis für seine Versponnenheit auslegten, fand Lili es bewundernswert. Lili war nie Teil der bestimmenden Clique ihrer Klasse gewesen, aber sie hatte mit ihrer Schlagfertigkeit von Anfang an dafür gesorgt, dass man sie in Ruhe ließ.

Sie beschloss, dem Jungen zu helfen. Seit er zu Beginn des Schuljahres ihrer Klasse zugeteilt worden war, hatten sie kaum ein Wort miteinander gewechselt. Doch als Lili zwischen abgestellten Fahrrädern eine weitere Zeichnung fand und ihm entgegenstreckte, verschwand das Misstrauen aus seinen Augen. Und als sie beide mit dem Einsammeln fertig waren, rang er sich sogar dazu durch, etwas zu ihr zu sagen: »Du bist ganz schön merkwürdig.«

Lili hatte den Jungen überrascht angesehen und dann gegrinst. Und den Jungen, den sie zuvor nie hatte lächeln sehen, sogar zum Lachen gebracht.

In den folgenden Tagen hatte sich Lili mit dem Jungen oft nach der Schule verabredet. Sie waren spazieren gegangen, hatten sich über Mitschüler und Lehrer ausgelassen und waren, als der erste Frost gekommen war, gemeinsam über einen zugefrorenen See gewandert. Lili hatte sich zunächst gesträubt, doch der Junge hatte sie vertrauenerweckend angesehen und dann ihre Hand genommen. Mit jedem Schritt hatte die Eisfläche verdächtig geknirscht. Lili hatte ihren Herzschlag bis in den Hals hinauf gespürt, doch der Junge war mit ihr immer weiter gegangen. Irgendwann hatte Lili einfach die Augen geschlossen und sie erst wieder aufgemacht, als der Junge mit ihr das Ufer erreicht hatte. Lächelnd bemerkte er, dass sie seine Hand jetzt wieder loslassen konnte. Aber das tat Lili erst, als sie sich ein paar Stunden später voneinander verabschiedeten.

In der darauffolgenden Woche hatte Lili dem Jungen vorgeschlagen, ins Kino zu gehen. Sie hatte absichtlich einen Film ausgesucht, der schon seit Wochen lief und der in der Nachmittagsvorstellung ohnehin kaum Besucher anziehen würde. Zudem wählte sie für sich und den Jungen Plätze, die weit von den anderen wenigen Zuschauern entfernt waren. Der Junge hatte tatsächlich geglaubt, dass Lili den Film sehen wollte.

»Moment mal? Ihr habt doch nicht ... während der Film lief?«, hatte Marie perplex gefragt.

»Es war zwar furchtbar unbequem, und wir hatten beide Angst, es würde jemand bemerken. Aber ...« Statt mehr zu erzählen, hatte Lili nur versonnen geschwiegen.

Natürlich hatte Marie daraufhin wissen wollen, was aus Lili und dem Jungen geworden war. Leider nicht viel. Sie hatten sich noch einige Male außerhalb der Schule getroffen und ein bisschen herumgeknutscht. Aber sie beide hatten gemerkt, dass etwas zwischen ihnen zerbrochen war. Der Junge glaubte bald, dass Lili nur aus Mitleid mit ihm geschlafen hatte. Und Lili musste erkennen, dass der Junge immer noch von jener Mitschülerin träumte, die für ihn unerreichbar blieb. Dass er der Erste für Lili gewesen war, hätte er ihr nie geglaubt. Aber sie hätte es ihm ohnehin nie verraten.

Und so war die Distanz, die anfangs zwischen Lili und dem Jungen geherrscht hatte, nach ein paar Wochen wieder zurückgekehrt. Die anderen in ihrer Klasse hatten die Zeichnungen in der Kladde natürlich nicht vergessen und immer mal wieder zum Anlass für gemeine Scherze genommen. Der Junge hatte das meist gelassen ignoriert. Doch manchmal, wenn es allzu schlimm wurde, hatte er Lili einen vielsagenden, warmherzigen Blick zugeworfen, den sie mit einem wissenden Lächeln quittierte.

Marie und Lili hatten noch eine Zeit lang weiter miteinander gesprochen, aber schließlich hatte Maries gleichmäßiger Atem Lili davon überzeugt, dass das Mädchen eingeschlafen war. Lili deckte Marie sorgsam zu, rollte sich neben ihr zusammen und schloss ebenfalls die Augen. Als Marie zu ihr gekrabbelt war, hatte Lili ihre stille Verzweiflung über das, was sie durchgemacht hatte, deutlich gespürt. Marie hatte das tiefsitzende Bedürfnis gequält, zu verstehen, was ihr widerfahren war, und wenn schon nicht einen Sinn, dann aber wenigstens eine Erkenntnis daraus zu ziehen. Nun war sie mit dem Gefühl eingeschlafen, nicht allein zu sein. In Zukunft würde Marie nicht unbedingt aus Lilis Geschichte, aber aus der Tatsache, dass Lili sich ihr anvertraut hatte, Kraft schöpfen. Und darauf war Lili sehr stolz.

Was machte es da schon aus, dass sie das Ganze bloß erfunden hatte?

Während Ben auf die Küchentür zumarschierte, warf er einen erneuten Blick auf sein Handy. Immer noch keine Nachricht von Theresa. Ben ärgerte sich, wie frustriert er deswegen war. Vor dem Weihnachtsbesuch war Theresa ein verschwommener Gedanke irgendwo in seinem Hinterkopf gewesen. Jetzt erschien sie unkontrollierbar, war überall in seinem Kopf. Die Hoffnung, die Theresa in ihm entfacht hatte, kam Ben vor wie eine plötzlich auftretende Dissonanz in einer bekannten Melodie.

Müde und gereizt betrat Ben die Küche.

Durch das Fenster konnte er sehen, dass es draußen wieder schneite, heftiger noch als am Tag zuvor. Der gesamte Vorgarten war von einer stetig wachsenden weißen Schicht bedeckt, und die Straße war vom Bürgersteig nicht mehr zu unterscheiden.

»Morgen«, sagte Joseph.

Ben fuhr herum. Joseph stand am Herd und hatte bereits alles für ein opulentes Frühstück vorbereitet. Appetitlich gefüllte Brotkörbe, Teller mit Aufschnitt, Marmeladentöpfchen und Saftkaraffen standen abholbereit auf den Arbeitsflächen, und rohe Eier warteten in einem tiefen Teller neben einer auf dem Herd platzierten großen Pfanne auf ihre Bestimmung.

»Kaffee?«, fragte Joseph.

»Bitte«, antwortete Ben.

Er fluchte innerlich. Ausgerechnet Joseph. Ihm hatte Ben auf keinen Fall allein begegnen wollen. Irgendwie umgab Joseph trotz seiner Einsilbigkeit immer dieser unangenehme Wunsch nach einer Aussprache.

Joseph reichte ihm einen Becher mit dampfend heißem Kaffee.

»Ich glaub, ich leg mich noch mal hin«, murmelte Ben und wollte mit dem Kaffee die Küche wieder verlassen.

»Riecht kaum noch, oder?«

Ben sah Joseph fragend an.

»Die Küche.« Joseph lächelte nervös. »Hab alles noch mal abgewaschen.«

»Wie neu«, sagte Ben gelangweilt. Er wandte sich wieder zur Tür um, doch Josephs Stimme ertönte plötzlich so kraftlos und verbittert, dass Ben sie kaum wiedererkannte.

»Ich kann tun, was ich will …«

Ben spannte sich an. Die Aussprache. Joseph war offenbar nicht bereit, ihn einfach so gehen zu lassen.

»Es reicht einfach nicht«, klagte Joseph leise. »Oder?«

»In ein paar Wochen ist der Brandgeruch bestimmt endgültig raus«, erwiderte Ben in der Hoffnung, das Gespräch im Keim zu ersticken.

»Du weißt genau, was ich meine.«

Ben warf Joseph einen unbehaglichen Blick zu. Joseph hob seine Hände, als bedrohe ihn jemand mit einer Waffe.

»Ich gebe mir wirklich jede Mühe …«

»Vielleicht zu viel«, rutschte es Ben heraus.

»Was soll das heißen?«, fragte Joseph empört. »Deine Mutter verlangt das doch! Obwohl – manchmal weiß ich gar nicht, was deine Mutter überhaupt noch von mir will.«

Ben schluckte. War Joseph etwa dabei, ihm etwas zu beichten? Etwas, das seinen angeblich weithergeholten Verdacht bestätigen würde?

»Glaubst du, ich bin der Richtige für sie?«, fragte Joseph.

Ben lächelte nervös. »Woher soll ich das wissen?«

»Du zweifelst also daran?«

»Nein«, sagte Ben. »*Du* scheinst dran zu zweifeln.« Er nahm einen Schluck vom Kaffee und verbrannte sich sofort.

Joseph wandte seinen Blick ab und betrachtete das Schneegestöber hinter dem Fenster.

Ben beschloss, alles auf eine Karte zu setzen. »Hast du mit Grit auch schon darüber gesprochen?«

»Nein.« Joseph warf Ben einen finsteren Blick zu.

»Dachte ja nur«, sagte Ben und stellte den heißen Kaffee auf dem Tisch ab. »Sie wirkt wie jemand, der gut zuhören kann.«

»Sie bräuchte selber mal jemanden, der ihr gut zuhört.«

»So einen hat sie doch.« Ben fixierte Joseph. »Oder stimmt was nicht zwischen ihr und meinem Vater?«

Ein raschelndes Geräusch hinter der Tür zum Wohnzimmer ersparte Joseph die Antwort. Kurz darauf hörten er und Ben ein zustimmendes, stolzes »Ahhh!« Joseph ging an Ben vorbei zur Tür und riss sie auf.

Über Josephs Schulter hinweg konnte Ben seinen Vater sehen, der vor dem Weihnachtsbaum kniete, an dem er die defekte Lichterkette soeben zum tadellosen Leuchten gebracht hatte.

»Und, was sagt ihr dazu?«, fragte Carl, während er Joseph und Ben einen vergnügten Blick zuwarf.

Als nun auch Kirsten ins Zimmer trat, versteckte Joseph seine Bitterkeit eilig. Und Ben gegenüber würde er sie nie wieder enthüllen. Zu spät hatte Ben erkannt, dass die Aussprache auch für ihn eine Chance gewesen war. Aber durch sein langes Zögern hatte er die nun endgültig verspielt.

Eine halbe Stunde später saßen sie alle an dem großen Tisch im Wohnzimmer. Carl hatte vorgeschlagen, dass sie dort frühstückten, damit sie die reparierte Lichterkette am Weihnachtsbaum sehen konnten. Am Abend zuvor hatte er im Keller einen brauchbaren neuen Stecker gefunden und ihn gegen den alten, defekten Stecker ausgetauscht. Grit war begeistert, Marie gab ihrem Großvater einen Kuss auf die Wange, und Kirsten strich ihrem Ex-Mann anerkennend über den Oberarm. Ben war sicher, dass Joseph das gesehen haben musste.

»WENN'S SO WEITERGEHT, KOMMEN WIR MORGEN HIER GAR NICHT WEG!«, befürchtete Grit angesichts des weiterhin heftig fallenden Schnees, aber Carl beruhigte sie. Die beiden wohnten in einer kleinen Stadt, ungefähr zehn Kilometer entfernt, und selbst wenn die Straßen bis zum nächsten Morgen nicht geräumt wären, würden sie die kurze Strecke sicher meistern können.

»Wann müsst ihr zwei denn wieder los?«, fragte Kirsten und sah Ben und Lili an.

»Morgen um sechs geht mein Zug«, murmelte Ben.

»SO FRÜH SCHON?«, empörte sich Grit.

»Ich muss zwischen den Jahren arbeiten«, erwiderte Ben, und die Aussicht darauf verfinsterte seine Miene noch mehr.

»Und was ist mit dir?«, fragte Marie Lili.

»Ich auch.«

»ALS WAS ARBEITEN SIE EIGENTLICH?«, fragte Grit.

»Versicherungswesen«, antwortete Lili nach kurzem Zögern und biss von ihrem Brötchen ab. Ben warf ihr einen fragenden Blick zu, doch Lili wechselte schnell das Thema. »Wir sollten heute unbedingt noch was Tolles zusammen machen!«

»Genau«, unterstützte Marie sie und bedachte ihre Mutter mit einem Seitenblick. »Zusammen.«

»DASS WEIHNACHTEN ABER AUCH MORGEN SCHON WIEDER VORBEI IST – ZUERST FREUT MAN SICH SO LANGE DARAUF UND PLÖTZLICH …«

»Wir könnten doch rausfahren – zum See«, schlug Kirsten vor. »Ich hab Lili gestern schon davon erzählt. Bei dem Wetter ist er bestimmt dick zugefroren, und früher sind wir darauf immer Schlittschuh gelaufen …«

»DAS IST NICHTS FÜR MICH«, warf Grit ein.

»Wir haben doch auch überhaupt keine Schlittschuhe mit«, gab Emma zu bedenken.

»Am See gibt's einen Verleih …«

»Ich wollte noch mal ins Krankenhaus«, sagte Ben. »Zu Michael.«

Kirsten nickte, doch ihre Enttäuschung war nicht zu übersehen.

»IN DER KIRCHE GIBT'S HEUTE NACHMITTAG EIN SCHÖNES ORGELKONZERT!«, schlug Grit nun vor. »ICH HAB FRÜHER JA IMMER ORGEL GESPIELT. AUCH HEUTE NOCH GEB ICH AN DER MUSIKSCHULE AB UND ZU ORGELUNTERRICHT, WENN DER KOLLEGE NICHT DA IST.«

Carl wandte sich an Joseph. »Was meinst du?«

Joseph sah überrascht auf – er hatte schon seit einiger Zeit nicht mehr zugehört.

»Also, ich weiß nicht«, füllte Kirsten die Pause. »Das ist doch nichts für Marie, oder?«

»Was meinst du, Mama?« Marie warf ihrer Mutter einen vielsagenden Blick zu, der nun auch die anderen am Tisch neugierig machte. »Hängt dir die Kirche nicht schon zum Hals raus?«

Emma deutete schnell auf den Teller mit Pfannkuchen, den Joseph demonstrativ in der Mitte des

Tischs platziert hatte. »Ja, was ist – will denn gar keiner mal probieren?«

»Ich dachte, wir sparen die uns auf für einen kleinen Snack zum Mittagessen«, meinte Kirsten.

»ICH HAB IN DEN LETZTEN TAGEN SCHON GENUG GESÜNDIGT«, wiegelte Grit ab.

»So was«, sagte Carl mit entschuldigendem Blick zu Joseph. »Deine Küchlein hab ich ja total vergessen.«

Wie die anderen am Tisch glaubte auch Joseph ihm kein Wort.

»DIE KINDER HABEN DOCH BESTIMMT NOCH PLATZ IM BAUCH!«

Marie winkte ab. Emma ebenfalls. Ben spürte, wie Joseph ihm einen gekränkten Blick zuwarf, demzufolge er von Ben sowieso nichts anderes erwartete als Ablehnung.

Eine Zeit lang herrschte peinliches Schweigen. Ben hoffte, dass wenigstens seine Mutter eingreifen würde. Immerhin hatte sie diesen Mann geheiratet. Warum ließ sie zu, dass die schwelende Abneigung gegen Joseph durch die banale Frage nach einem Abnehmer für seine Pfannkuchen noch deutlicher wurde? Sollte Joseph mit der Andeutung, die er in der Küche gemacht hatte, ins Schwarze getroffen haben? Hatte er bei Kirsten längst verloren und konnte nichts mehr dagegen unternehmen? Oder war Kirstens Zögern nur ein geschickter Trick, um eine entlarvende Reaktion von Grit herauszufordern, weil sie seinen Verdacht teilte?

Anstatt Joseph aus der peinlichen Situation zu entlassen, schien auch Grit sich nicht zu rühren. Vielleicht hatte sie für Joseph nicht genug übrig. Vielleicht aber war Grit auch nur clever genug, um Kirstens Falle zu durchschauen?

Ben bemerkte, wie Lili zu ihm hinübersah. Nach ihrem Streit vom Vortag war sie ihm beharrlich aus dem Weg gegangen und hatte jeden seiner Versuche, mit ihr ins Gespräch zu kommen, boykottiert. Jetzt fixierte sie ihn, als würde gleich der Startschuss für einen Marathonlauf fallen. Für den sie ihn zwar trainiert hatte, aber nicht lange genug, um sich seines Sieges sicher sein zu können.

Schließlich hielt Ben es nicht mehr aus. Er nahm seine Gabel und stach sie in den obersten Pfannkuchen, um ihn auf seinen Teller zu bugsieren. Dabei vermied er es, Josephs Reaktion und die der anderen zu beobachten. Er stopfte sich einfach Stück für Stück in den Mund, obwohl er keinen Hunger hatte und der Pfannkuchen ihm überhaupt nicht schmeckte. Ben wurde geradezu übel, als er spürte, wie sich der Teig in seinem überfüllten Magen verklumpte.

Aber schließlich ertönte auf den Tellern in seiner Nähe weiteres Gabelklirren, denn auch die anderen Familienmitglieder gaben nun ihre Abwehrhaltung auf.

»Gar nicht übel«, sagte Marie kauend.

»Sehr gut sogar«, bekräftigte Ben und unterdrückte elegant ein Würgen.

Er erlaubte sich einen schnellen Blick in Josephs Richtung. Joseph hielt zwar seinen Mund hinter den Händen verborgen, aber man konnte trotzdem sehen, dass sein Kinn vor Rührung zitterte.

»UND – WAS IST JETZT MIT DEM KONZERT?«, versuchte es Grit noch einmal.

»Keinen Bock«, erwiderte Marie ruhig. »Aber Mama geht bestimmt mit.«

Emma stand reflexartig auf. »Noch jemand Kaffee?«

»Kommt sofort«, sagte Joseph und stand ebenfalls auf.

»Lass mal – ich mag's gern ein bisschen stärker«, sagte Emma und nahm die Thermoskanne, um eilig damit in der Küche zu verschwinden.

Emma schüttete gerade Kaffeepulver in den Filter, als Ben die Küche betrat, angeblich, um neuen Orangensaft zu holen.

»Immer dasselbe, wenn ich hier bin«, sagte Emma. »Am ersten Tag ist es richtig toll. Am zweiten Tag wird's anstrengend. Und am dritten freut man sich, dass es bald vorbei ist.«

»Das heißt, ihr fahrt morgen auch?«

»Weiß noch nicht«, antwortete Emma.

»Wovon hängt das denn ab?«

Emma antwortete nicht. Noch immer schüttete sie Kaffeepulver in den Filter.

»Du magst ihn wirklich stark, was?«

Emma sah ihren Bruder fragend an und fluchte. Der Filter war fast voll. Während sie das Pulver wieder zurück in die Verpackung löffelte, begann sie unbehaglich: »Peer ist wirklich nett zu mir.«

Ben schwieg.

»Er hat mich gefragt, ob ich ihn heiraten will.«

»Bevor du seine Hose aufgeknöpft hast oder danach?«

Emma funkelte Ben vorwurfsvoll an. »Was soll das? Gestern warst du noch so verständnisvoll!«

»Vielleicht geht mir das alles zu schnell«, verteidigte sich Ben. »Dir nicht?«

Emma schüttelte den Kopf. »Du kannst es doch bloß nicht ertragen, dass ich mal mehr Glück habe als du.«

»Hoffst du deshalb, dass er sein Angebot ernst meint?«

Der Kaffeefilter, mit dem Emma nach ihrem Bruder warf, verfehlte zwar Bens Kopf, doch das schwarze Pulver landete zu einem wesentlichen Teil in seinem Gesicht.

»Er will sogar ein Vater für Marie sein!«, zischte Emma. »Ich werde mir das jedenfalls von niemandem vermiesen lassen.«

»Fein«, knurrte Ben, während er sein Gesicht abwischte. »Aber wenn du wieder reinfällst, solltest du in Bezug auf Männer vielleicht mal über eine andere Taktik nachdenken, anstatt immer gleich handgreiflich zu werden.«

»Peer ist anders. Er versteht mich. Er tut mir gut! Ich kann mit ihm über alles reden! Alles! Auch über …« Emma starrte ihn vielsagend an. »Und weißt du, was er gesagt hat? Dass es höchste Zeit für uns wird, das endlich zu vergessen.«

»Längst passiert«, erwiderte Ben säuerlich, während er auch den auf dem Boden gelandeten Kaffee aufwischte.

»Ja, klar«, sagte Emma, während sich ihre Augen mit Tränen füllten. »Du schaffst das natürlich allein. Aber ich nicht. Und Peer ist eine echt große Hilfe.«

»Toll«, murmelte Ben und wollte die Küche verlassen.

»Wir waren Kinder«, sagte Emma leise hinter seinem Rücken. »Es war völlig normal, dass wir uns Sorgen machten.«

»Ich *weiß* das.«

»Tust du nicht.«

Ben stöhnte wütend auf. »Jetzt hör endlich auf, so ein Riesendrama zu veranstalten! Die Sache ist erledigt!«

»Sie ist *nicht* erledigt. Warum sonst haben wir nie mit Mama und Papa darüber gesprochen?«

Ben lachte leise. »Kein Wunder, dass der liebe Peer versucht, deine alten Schuldgefühle wieder hervorzukramen. Ist schließlich sein Job, die Leute damit zu kontrollieren!«

Die Hand, mit der Emma ihm hart ins Gesicht schlug, hinterließ nicht nur ein heißes Brennen auf seiner Haut, sondern auch ein unangenehmes Klingeln in seinem Ohr.

Als kurz darauf Kirsten und Carl in die Küche traten, befürchtete Ben, dass sie die ganze Unterhaltung im Wohnzimmer mit angehört hatten. Und dass nun unweigerlich jenes Gespräch stattfinden musste, das Ben und Emma seit dem Tag, an dem ihre Mutter aus dem Krankenhaus zurückgekommen war, um jeden Preis vermieden hatten.

Aber Kirsten sagte nur: »Wir haben uns entschieden, erst mal rauszugehen. Marie möchte einen Schneemann bauen.«

Ben wandte sich ab, um seine feuerrote Wange

zu verbergen. Emma holte Luft, als wollte sie etwas sagen, entschied sich jedoch dagegen, da Marie mit ihrem Teller hereinkam. Als sich dann noch Joseph mit einem beladenen Tablett zwischen Kirsten und Carl hereindrängte, murmelte Ben, dass er sich umziehen wollte, und verließ die Küche.

Er saß in seinem Zimmer und versuchte, die hartnäckigen Knoten in den Schnürriemen seiner Schuhe zu lösen, als Lili im Türrahmen erschien.

»Deine Mutter sagte, sie hätte bei dir im Schrank noch ein paar Handschuhe für mich.«

Ben bedeutete ihr mit einem Kopfnicken, selber danach zu suchen. Während sie in den Schubladen stöberte, fragte Ben mürrisch: »Versicherungswesen?«

»Was?«

»Ich dachte, du bist eher so was wie 'ne feste freie Beraterin.«

»Im Versicherungswesen«, erklärte Lili.

»Alles klar«, bemerkte Ben sarkastisch. Er nahm seine Schuhe mit den immer noch verknoteten Schnürriemen und ging zur Tür.

»Warte«, hörte er Lili plötzlich leise sagen.

Lili setzte sich aufs Bett und vergrub ihren Kopf in den Händen wie ein kleines, verzweifeltes Kind.

Ben kam zu ihr zurück und setzte sich vorsichtig

neben sie. Zu seiner Überraschung legte Lili ihren Kopf auf seine Schulter. Eine Zeit lang saßen sie einfach nur schweigend da, bis Lili endlich anfing.

»Ich weiß nicht, wieso ich noch hier bin. Ich habe das Gefühl, ich mache alles nur schlimmer.«

»Willkommen im Club«, sagte Ben.

Lili lächelte ein wenig. »Ich meine es ernst. Ich habe mir das alles ganz anders vorgestellt.«

»Wie denn?«

»Leichter.«

»Du machst dir zu viele Sorgen«, versuchte Ben sie zu trösten. »Soweit ich weiß, mögen dich alle hier sehr gern.«

»Deshalb bin ich aber nicht hier.«

»Weshalb *bist* du denn hier?«

Lili nahm ihren Kopf von seiner Schulter. »Das kann ich dir nicht sagen.«

»Wieso nicht?«

»Du wärst bloß sauer auf mich.«

»Warum glaubst du das?«

»Weil ich dich inzwischen gut genug kenne.«

Ben runzelte die Stirn. »Wie soll ich das verstehen? Bin ich so furchtbar?«

»Furchtbar ist das falsche Wort«, erklärte Lili. »Ich würde eher sagen: taub.«

»Ja, das hört sich gleich viel besser an«, murmelte Ben.

»Aber das muss nicht immer so sein«, beschwichtigte Lili. »Noch ist alles offen.«

Ben sah sie befremdet an.

Lili nickte. »Jetzt überlegst du bestimmt, aus welcher Anstalt ich ausgebrochen bin.«

Genau das hatte er in diesem Augenblick gedacht.

»Hey«, sagte Lili mit gespielter Verärgerung. »Dafür muss man ja wohl keine Gedanken lesen können. Keine Sorge – ich bin eigentlich völlig ungefährlich.«

»Eigentlich?«

Im nächsten Moment steckte Marie ihren Kopf zur Tür herein. »Was ist – kommt ihr?«

»Sofort!«, antwortete Lili. Sie ging zur Kommode, zog eine Schublade auf und fischte die gesuchten Handschuhe traumsicher heraus. »Treffen wir uns unten?«, fragte Lili.

»Du hast meine Frage nicht beantwortet«, sagte er enttäuscht.

Lili lächelte. »Wirklich nicht?«

Dann schloss sie sich Marie an und verließ das Zimmer.

Entnervt ließ Ben sich aufs Bett fallen. Als hätte er nicht schon genug Sorgen, schien nun auch noch Lili durchzudrehen. Was meinte sie damit, er wäre »taub«? Und was sollte dieser ganze Quatsch von wegen »deshalb bin ich nicht hier«?

Als Emma noch klein war, hatte sie Ben mit ähnlichen Andeutungen oft zur Raserei getrieben. Zweifelsohne, um sich interessant zu machen. Nur hatte Ben bei Lili den Eindruck, dass es ihr um etwas anderes ging. Aber um was?

Unzufrieden setzte er seine Bemühungen fort, die Knoten in den Schnürriemen seiner Schuhe zu lösen.

Während er die Treppe ins Erdgeschoss hinunterstieg, warf Ben den x-ten Blick auf sein Handy, obwohl er wusste, dass es weder geklingelt noch vibriert hatte. Im Flur angekommen, drückte er ohne große Hoffnung den Knopf für »Wahlwiederholung«. Theresa meldete sich weiterhin nicht. Ben überlegte, ob er erneut zu ihrem Haus gehen sollte, um notfalls eine geschriebene Nachricht zu hinterlassen. In einem Film oder einem Roman würde das der Held vermutlich nie tun, weil sich sonst das betreffende Missverständnis zu schnell aufklärte. Aber in seinem Fall, fürchtete Ben, lag gar kein Missverständnis vor. Hätte Theresa mit ihm sprechen wollen, hätte sie auf seine Anrufe reagiert. Zur Hölle noch mal, am Heiligabend war sie immerhin selber hier aufgetaucht.

Ben trat ins Wohnzimmer, um von hier aus in den Garten zu gelangen und den anderen beim

Schneemannbau zu helfen. Doch dann entdeckte er Grit, die auf dem schmalen Hocker vor dem Flügel saß. Ihr verhältnismäßig kleiner Kopf mit dem kurz geschorenen, grauen Haar war nur wenige Zentimeter von den Tasten entfernt, als versuchte sie etwas darauf zu entziffern. Die Melodie, die Grit mit einer Hand spielte, um ihr leises Summen zu untermalen, kam Ben bekannt vor, aber er konnte sich beim besten Willen nicht an den Titel erinnern.

Ben wusste, dass an Grit kein Weg vorbeiführte, daher steuerte er eilig hinter ihrem Rücken auf die Terrassentür zu. Grit spielte und summte einfach weiter.

Ben zog die Tür zur Terrasse auf. Das entstehende Geräusch war laut genug, um ihn zu verraten, aber immer noch rührte Grit sich nicht. Ben spürte, wie die Winterluft in sein Gesicht strömte, begleitet von ein paar dicken Schneeflocken. Da sich der Rest seiner Familie im Vorgarten befand, konnte Ben von seiner Position aus keinen von ihnen sehen, aber er hörte Maries vergnügtes Lachen, dem sich die Stimmen seiner Eltern anschlossen. Ben hörte auch, wie Kirsten plötzlich aufstöhnte und »Na, warte« rief – offenbar war in ihrem Gesicht ein Schneeball gelandet. Kurz darauf schickte sie ein »Oh, Entschuldigung!« hinterher, und Joseph gab ein gequältes »Nicht schlimm« von sich.

Auch wenn eine Schneeballschlacht oder das Bauen eines Schneemanns kindisch war, freute sich Ben darauf. Aber als er nach draußen gehen wollte, brachte er das zu seiner eigenen Verärgerung nicht fertig. Stattdessen drehte er sich zu Grit um und fragte augenzwinkernd: »WAS IST – ANGST, EINGE-SEIFT ZU WERDEN?«

Grit hörte auf zu spielen. Ohne ihn anzusehen, schüttelte sie den Kopf.

Ben sah, dass sie geweint hatte.

»Du möchtest bestimmt lieber allein sein«, sagte er. Doch Grit rückte zur Seite und klopfte einladend auf den Hocker.

Zähneknirschend folgte Ben der Aufforderung. In seinem Anorak und mit dicht um den Hals gewickeltem Schal wurde ihm sofort zu warm, aber er wollte Grit nicht das Gefühl geben, dass er besonders lange hier sitzen würde. »Grit, wenn du mit jemandem reden willst, solltest du vielleicht lieber mit …«

»Mit wem?«, fragte Grit, und immer noch war ihre Stimme ungewöhnlich leise. »Deinem Vater?«

Ben sah sie gespannt an.

»Der will es schon lange nicht mehr hören«, fuhr Grit fort und schlug sanft ein paar weitere Tasten des Flügels an, nur mit ihrer rechten Hand. »Und eigentlich hat er auch völlig recht.«

»Womit?«, fragte Ben.

Grit seufzte und spielte ein paar Akkorde. »Dass ich nicht länger darauf warten sollte, dass er sich ändert.«

In seiner Winterverpackung fing Ben rapide an zu schwitzen. »Du willst, dass mein Vater sich ändert?«

»NICHT DEIN VATER«, widersprach Grit kurzzeitig wieder in ihrer bekannten Lautstärke. »Mein Sohn.«

»Ich wusste gar nicht, dass du Kinder hast«, erwiderte Ben.

»Er lebt nicht hier. Er ist … weit weg.« Grit schluckte aufsteigende Tränen herunter, die sie niemandem, schon gar nicht Ben, zeigen wollte. »Weißt du«, fragte sie schließlich, »warum du mich an ihn erinnerst?«

»Er ist vermutlich ein verdammt anständiger, netter Kerl.«

Grit lachte, und Ben war fast ein wenig enttäuscht, obwohl er seine Antwort durchaus ironisch gemeint hatte.

»Ich bin sicher, er ist gar nicht so schlimm.«

Grit lächelte dünn. »Das hat Joseph auch schon gesagt.« Sie zog ein paarmal laut die Nase hoch. »Er kann richtig gut zuhören. Kein Wunder, dass sich deine Mutter in ihn verliebt hat.« Grit holte ein Taschentuch heraus und schnäuzte kräftig.

»Beneidest du sie etwa?«, fragte Ben.

»Irgendwie schon«, gestand Grit. »Sie hat immerhin zweimal großes Glück gehabt.« Sie zwinkerte Ben zu. »Mein erster Mann war eine absolute Katastrophe. Aber dein Vater ... Ich wüsste wirklich nicht, was ich ohne ihn anfangen sollte.«

Danach sagte sie eine Zeit lang nichts mehr, spielte nur ab und zu mit der rechten Hand jene Melodie weiter, die sie begonnen hatte.

Ben lächelte traurig. Wie gründlich er die Situation verkannt hatte ...

»ALLES IN ORDNUNG? DU BIST JA GANZ ROT IM GESICHT!«

Ben sah Grit aufmerksam an. Dann zog er den Reißverschluss seines Anoraks herunter, zog sich die Jacke aus und den Schal vom Hals.

Grit musterte ihn abwartend und spielte weiter mit ihrer rechten Hand die merkwürdig vertraute Melodie.

Als Ben mit seiner linken Hand dazu die passenden Akkorde anklingen ließ, glotzte Grit ihn an, als hätte er nebenbei erwähnt, mehrfacher Nobelpreisträger zu sein.

»Du spielst?«

»Schon lange nicht mehr. Wie heißt das Lied eigentlich?«

»Ist kein Lied«, grinste Grit. »Ich mach nur so 'n bisschen vor mich hin.«

Ben stutzte. Als Grit anfing, beidhändig zu spielen, folgte er ihrem Beispiel. Und so unangenehm sie ihm immer noch war, musste er dennoch zugeben, dass sie am Flügel erstaunlich gut miteinander harmonierten.

»Wer weiß, was an dir alles verloren gegangen ist«, lächelte Grit.

»Nichts«, sagte Ben.

»WER WEI-HEISS ...«, wiederholte Grit mit einem nervigen Sing-Sang, der sie Ben schon wieder recht unsympathisch machte.

Er griff nach seinem Anorak und dem Schal und deutete in den Garten. »Bleibst du noch hier oder ...«

Grit sah ihn eine Zeit lang an und nickte.

Ben war ihr sehr dankbar dafür.

Der pappige Schnee hinterließ ein knirschendes Geräusch, als Ben um das Haus herum zum Vorgarten marschierte. Der Wind hatte inzwischen nachgelassen, ebenso das Schneegestöber. Auch das Gelächter seiner Familienmitglieder war verstummt. Stattdessen hörte Ben zwei gereizte Männerstimmen. Er bog um die Ecke und sah, dass Carl und Joseph neben einem unfertigen Schneemann standen, der aus zwei großen, aufeinandergetürmten Kugeln bestand. Sowohl Carl als auch Joseph hatten eine weitere Kugel gerollt, die den Kopf des

Schneemanns bilden sollte. Nur war Carls größer als Josephs. Während die beiden darüber debattierten, wessen Kopf besser geeignet war, um den Rumpf des Schneemanns zu krönen, standen Kirsten, Emma und Marie halb belustigt, halb entnervt daneben.

»Ich baue keinen Schneemann mit Wasserkopf«, erklärte Joseph.

»Wasserkopf? Deiner ist viel zu klein«, beharrte Carl.

»Er passt ausgezeichnet!«

»Wird das heute noch was?«, brummte Marie genervt.

»Ist doch scheißegal, wie groß der Kopf ist«, seufzte Emma gelangweilt.

»Können wir nicht aus beiden Kugeln eine mittelgroße machen?«, schlug Kirsten vor.

»Erst mal sollten wir etwas ein für alle Mal klären«, sagte Carl und fixierte Joseph angriffslustig.

»Wozu?«, entgegnete Joseph. »Jeder weiß, dass du eifersüchtig auf mich bist.«

»Ich auf dich?«, schnaubte Carl. »Wer hat denn gestern den nagelneuen Stecker meiner Lichterkette so aufgeschnitten, dass es einen Kurzschluss geben musste?«

»Und wer hat den Backofen auf maximale Temperatur gestellt, um meine Gans zu vernichten?«

»Mach jetzt keinen Fehler!«, drohte Carl, als Joseph sich vor ihm aufbaute.

»Du hast ja Angst …«

»Ich warne dich!«

Joseph schmunzelte. »Wovor? Was willst du denn …«

Carls Handflächen schossen nach vorn und trafen Josephs Schultern so plötzlich, dass Joseph das Gleichgewicht verlor und zurücktaumelte. Der Schneemann federte seinen Sturz ab, zerbröckelte aber unter Josephs Gewicht in mehrere Schneeklumpen.

»Carl!«, rief Kirsten erstaunt.

Bens Vater hob entschuldigend eine Hand und bot sie Joseph an, um ihm das Aufstehen zu erleichtern. Josephs hochrotes Gesicht bildete einen guten Kontrast zum weißen Schnee. Wütend schlug er Carls Hand weg, erhob sich erstaunlich behände und stürzte sich dann auf seinen Widersacher. Der wiederum hatte Josephs Beweglichkeit nicht erwartet und taumelte nun selber rückwärts, bis die beiden gemeinsam hinfielen. Carl stöhnte auf und wollte Joseph von sich herunterwälzen, doch der konzentrierte seine Bemühungen darauf, Carl unter seinem Gewicht zu begraben.

Fassungslos beobachteten Ben, Marie, Emma und Kirsten, wie die beiden Mittsechziger im Schnee miteinander rauften. Was Ben jedoch noch mehr irritierte, war der Gesichtsausdruck seiner Mutter. Sie schien den Hahnenkampf zu genießen. Hoffte sie, dass Carl ihn gewinnen würde? Hoffte Ben das nicht genauso? Seine Schwester unternahm ebenfalls nichts, um den Kampf abzubrechen. Nicht einmal Marie schrie etwas, das ihren Großvater und ihren Stief-Großvater zur Vernunft bringen sollte. Es schien, als hätte ihnen ein Voodoo-Priester einen Zaubertrank verabreicht, der sie zu seelenlosen Beobachtern eines Rituals gemacht hatte, das ihre geheimen dunklen Wünsche Gestalt annehmen ließ. Hilfe konnte daher nur noch von außen kommen.

»HÖRT AUF! HÖRT AUF, HÖRT AUF, HÖRT ENDLICH AUF!!!«

Ben schreckte herum. Alle starrten Lili an, die aus dem Haus gerannt war und vor Carl und Joseph entsetzt angehalten hatte. Die beiden Männer waren längst außer Atem und rangen nur noch wie in Zeitlupe miteinander. Dennoch wollte weiterhin keiner der beiden nachgeben.

Endlich lösten Ben und die anderen sich aus ihrer Erstarrung. Ben griff Joseph unter den Armbeugen und zerrte ihn von Carl hinunter. Als der sich wieder aufrappelte, schleuderte Kirsten ihm eine für den Schneemann gedachte Möhre an den Kopf.

Emma schlug dazu mit einem Besen nach den beiden Männern, um sie voneinander abzulenken. Marie bekam es nun mit der Angst und rannte zum Haus, prallte aber nach wenigen Metern gegen Grit, die ebenfalls in den Garten getreten war und sich verstört zusammenreimen musste, was dort geschehen sein musste.

Und dann hörte Ben die nervige Melodie eines Mobiltelefons.

Reflexartig ließ er Joseph los, der noch nicht auf sicheren Füßen stand und deshalb zurück in den Schnee kippte. Mit nicht nur vor Kälte zitternden Fingern fischte Ben sein Handy aus der Hosentasche – doch das Klingeln stammte von Emmas Gerät. Bestimmt rief Peer, der Pfarrer, an. Womit Ben allerdings nicht rechnete, war Emmas betroffener Gesichtsausdruck, als sie ihm das Handy entgegenstreckte. »Für dich«, sagte sie sanft.

Für gewöhnlich machte Ben immer einen Riesenbogen um Krankenhäuser. Nun war er schon zum dritten Mal innerhalb weniger Stunden hier.

Er war komplett durchgefroren und fühlte kaum noch seine Zehen. Seine Augen tränten von der Kälte, und jetzt, da er in die Wärme zurückgekehrt war, lief auch noch seine Nase. Aber vielleicht hatte er bloß angefangen zu weinen.

Peer hatte wohl von Emma erfahren, dass Michael Hagedorn früher Bens bester Freund gewesen war. Deshalb hatte er ihn umgehend über Michaels Tod benachrichtigt.

Ben verstand nicht, wieso es so plötzlich zu Ende gegangen war. Hatten die Ärzte das geahnt? Hatten sie Michael im Unklaren gelassen? Wenn sie ihm schon nicht helfen konnten, waren sie doch wohl wenigstens dazu verpflichtet, ihm die Wahrheit zu sagen! Oder hatten sie es Michael doch gesagt? Wenn ja, wieso hatte Michael es ihm, Ben, gestern verheimlicht?

Ben fiel auf, dass Michaels Hände auf der Bettdecke ineinander verschränkt waren, wie zum Gebet gefaltet.

»Waren Sie das?«, fragte Ben den Pfarrer.

»Nein«, antwortete Peer. »Die waren schon so, als ich kam.«

»Wahrscheinlich irgendeine übereifrige Krankenschwester.«

Peer räusperte sich. »Vielleicht«, begann er mutig, »war es ja auch seine Idee.«

Ben warf dem Pfarrer einen ungläubigen Blick zu.

»Er hatte großes Gottvertrauen«, erklärte Peer durchaus beeindruckt.

»Woher wollen Sie das wissen?«

»Ich habe ihn öfter besucht.«

»Wie oft?«

»Wir hatten viele intensive Gespräche.«

Ben nickte. »Nur gestern Abend nicht, nehme ich an.«

Peer errötete. »Ich war gleich heute Morgen hier.«

»Aber da war es schon zu spät, oder nicht?«

Ben betrachtete Michaels Leiche. Ohne das durch die Adern pulsierende Blut hatte die Haut bereits einen fahlen Ton angenommen. Die gefalteten Hände wirkten wächsern und starr, fast wie Klauen. Ben wich zurück.

»Herr Senger«, versuchte Peer es erneut. »Ihr Freund hatte seinen Frieden gemacht.«

»Woher wollen Sie das wissen?«

»Glauben Sie mir, er war bereit.«

»Nein, das war er nicht!«, stieß Ben wütend hervor. »Er wollte weiterleben. Ich *weiß* das. Ich *war* gestern bei ihm.«

»Und dennoch hatte er sein Schicksal akzeptiert.«

»Hören Sie auf, so was zu sagen.«

»Herr Senger …«

»Hören Sie auf!«

»Ich will doch nur …«

Bens Handflächen schossen nach vorn und trafen Peers Schultern. Der Pfarrer verlor das Gleichgewicht, taumelte zurück und sank dabei so auf das

Bett zurück, dass sich Michaels Körper bewegte, als wäre doch noch ein Funken Leben in ihm. Ben versuchte Peer von Michael herunterzuziehen, doch in Erwartung einer erneuten Attacke packte Peer Bens Handgelenke, was wiederum dazu führte, dass Ben sein Gleichgewicht verlor und nach vorne stürzte. In diesem Moment kam die Krankenschwester herein und starrte sie beide entgeistert an. Ben und Peer halfen sich mit hochrotem Kopf vom Bett herunter.

»Tut mir leid«, sagte Ben, nachdem die Krankenschwester kopfschüttelnd das Zimmer wieder verlassen hatte. »Es ist nur …« Ben seufzte. »Sagen Sie das eigentlich zu jedem?«

»Was?«

»Na, diesen Quatsch von wegen ›Schicksal akzeptiert‹ und ›Frieden gefunden‹.«

Peer sah Ben ratlos an. »Was soll ich denn sonst sagen? Die Menschen brauchen ihren Trost. Ohne ihn …« Er berührte vorsichtig seine Stirn, die während der Rangelei mit einem satten Krachen gegen das Fußteil von Michaels Bett gestoßen war. »Ich kann Ihnen nur eins mit Sicherheit sagen«, fuhr Peer schließlich fort. »Ihr Freund ist ohne Schmerzen eingeschlafen.«

»Sagt wer – das Personal, das sich nicht um ihn gekümmert hat?«

»Nein«, sagte Peer. »Die Frau, die bei ihm war.«

Verloren setzte Theresa einen Fuß vor den anderen. Sie dachte an ihren Schulkameraden Michael Hagedorn. Bei ihrem gestrigen Besuch hatte er sie gebeten, ein bisschen bei ihm zu bleiben. Daraus war der ganze Tag geworden. Nur zur Mittagszeit war Theresa kurz nach Hause zurückgekehrt, um etwaige Nachrichten auf ihrem Anrufbeantworter abzurufen. Die Maschine schien nicht mehr zu funktionieren, aber Theresa hatte nicht die Geduld gehabt, um sich länger damit zu beschäftigen. Auf dem Weg zurück zu Michael hatte sie sich daran erinnert, im Krankenhaus das Handy ausgeschaltet zu haben. Sie überprüfte, ob ihr jemand auf der Mailbox Nachrichten hinterlassen hatte. Da es Michael jedoch immer schlechter ging und er auf sie wartete, beschloss Theresa, sich erst später bei Ben zurückzumelden.

Der Nachmittag war zum Albtraum geworden. Michael wurde von heftigen Krampfanfällen heimgesucht, und Theresa hatte endlos lange nach einem Arzt suchen müssen. Als Michael ein krampflösendes Medikament verabreicht bekommen hatte, schien es ihm eine Zeit lang wieder besser zu gehen, bevor sich die Krämpfe zurückmeldeten. Schließlich hatte ein anderer Arzt die Behandlung übernommen und Theresa aus dem Zimmer geschickt.

Mit wachsender Angst hatte sie darüber nachgedacht, ob sie nun endlich Ben verständigen sollte – ungeachtet der Tatsache, dass Michael sie gebeten hatte, es nicht zu tun.

Dann war der Arzt zurückgekehrt, um ihr mitzuteilen, dass Michael die Nacht nicht überleben würde. Theresa hatte aufgehört, an Ben zu denken, und sich zu Michael ans Bett gesetzt. Die Medikamente, die ihm gegen die Krämpfe helfen sollten, hatten ihn schläfrig gemacht. Dennoch war er bei Bewusstsein gewesen und in der Lage, sich von Theresa zu verabschieden. Das Lächeln, das er ihr dabei geschenkt hatte, jagte Theresa genauso einen Schauer über den Rücken, wie es ihr Zuversicht versprach.

Theresa und Michael hatten sich 23 Jahre lang gekannt. Er war Bens bester Freund gewesen, und auch als sie weggezogen waren, hatte sie Kontakt zu ihm gehalten, da Ben vor lauter Stress dazu neigte, sich einzuigeln und seine Freunde zu vernachlässigen. Theresa hatte den humorvollen und schonungslos aufrichtigen Michael immer gemocht. Aber erst Jahre später, nach Theresas und Bens Trennung, hatte sich ihr Umgang miteinander verändert.

Theresa merkte nicht sofort, dass ihr Handy klingelte. Sie konnte sich gar nicht erinnern, es wieder eingeschaltet zu haben.

»Theresa?«, meldete sich Bens atemlose Stimme. »Wo bist du?«

Er fragte sie, auf welcher Straße sie sich befand, und erklärte ihr, dass er nur wenige Kreuzungen entfernt war und sich beeilen würde, um sie einzuholen.

Eisiger Wind trocknete die Tränen, die an ihrem Mund herabliefen. Theresa sah zum Himmel, der schon wieder jene silbergraue Färbung angenommen hatte, die auf baldigen Schneefall hindeutete.

Als Ben sie schließlich erreichte, nahm er Theresa sanft in seine Arme und blieb mit ihr eine Zeit lang so stehen. Die Trauer über Michaels Tod steckte Ben tief in den Knochen. Gleichwohl fühlte er sich nun, da er Theresa festhielt, leichter. Er spürte allerdings, dass ihre Hände nicht so drängend auf seinem Rücken lagen wie seine auf ihrem.

»Warum hast du mich nicht angerufen?«, fragte Ben. »Du hättest das nicht allein durchmachen müssen.«

Theresa lächelte traurig. Sie hatte keine Kraft mehr und wusste doch, dass sie dringend welche sammeln musste.

Als sie vor ihrem Haus eintrafen, löste Theresa sich von ihm.

»Tut mir leid«, sagte sie.

»Was?«

»Ich war … einsam.« Theresa kämpfte verbissen gegen die aufsteigenden Tränen. »Und du hast dir deshalb Hoffnungen gemacht.«

Ben ergriff ihre beiden Hände. »Du warst nicht bloß einsam.«

»Ich war viel zu lange einsam«, warf Theresa unerwartet zornig ein. »Was glaubst du, warum ich die Scheidung wollte?«

Sie drehte sich um und ging auf ihr Haus zu.

»Da wartet doch niemand«, entgegnete Ben.

Theresa hielt an.

»Oliver gibt es gar nicht«, sagte Ben sanft. »Oder?«

Theresa senkte ihren Blick. Und schüttelte den Kopf.

Noch nie war Ben über eine Lüge so glücklich gewesen. Vorsichtig trat er auf Theresa zu. »Fangen wir noch mal ganz neu an.«

»Das geht nicht.«

»Doch«, beharrte Ben. »Jetzt erst recht.« Er legte eine Hand auf ihren Bauch und lächelte. »Dies ist unsere Chance.«

Theresa sah ihn an, einen Moment durchaus hoffnungsvoll, schüttelte aber dann wieder den

Kopf. »Ich kenne dich, Ben. Es würde nie funktionieren.«

»Ich habe mich geändert!«

»Selbst wenn …«

»Ich liebe dich«, sagte er. Etwas Besseres fiel ihm nicht ein. Und tatsächlich glaubte Theresa ihm das auch.

»Dieses Mal wird alles anders.«

»Wie oft haben wir uns das schon versprochen?«

»Dieses Mal ist es anders!«

»Ben …«

»Wir wussten es! Wir WUSSTEN es!«, beharrte Ben verzweifelt. »Und an dem Nachmittag hätten wir alles aufhalten können, weißt du denn nicht mehr?«

Natürlich wusste Theresa, welchen Nachmittag Ben meinte. Der Tag vor ihrem letzten Gerichtstermin: Ben hatte einen übrig gebliebenen Karton mit CDs aus ihrer Wohnung abgeholt. Eine der Hüllen war leer gewesen: ihre Lieblings-CD mit der Musik zum Film »La Boum«. Obwohl Theresa behauptete, den CD-Player seit langer Zeit nicht mehr benutzt zu haben, fand Ben die CD dort eingelegt. Und als er das Gerät einschaltete, ertönte ausgerechnet »Reality«, das Lied, zu dem sie beide das erste Mal miteinander getanzt hatten.

Sie hatten beide darüber lachen müssen, dass sie plötzlich dastanden und Tränen in den Augen hatten. Und dann wurde aus einem scherzhaften Boxen ein Streicheln. Aus dem Streicheln eine Umarmung. Aus der Umarmung ein Kuss und noch mehr.

Die CD war längst zu Ende, als Ben und Theresa sich wieder anzogen. Und obwohl sie einen Augenblick lang beide aussprechen wollten, was sie dachten, taten sie es nicht. Am nächsten Morgen wurden sie geschieden.

»Lass mich gehen«, sagte Theresa, doch Ben zog sie wieder an sich, küsste sie. Theresa schlang ihre Arme um seinen Hals, legte ihren Kopf an seine Brust. Für ein paar Augenblicke schien die Welt in Ordnung.

»Bitte, hör mir zu«, flüsterte Theresa dann.

»Es kommt alles in Ordnung«, versprach Ben. »Wir finden einen Weg, ganz bestimmt.«

»Ben ...«

»Wir sind es uns schuldig«, beharrte Ben. Er legte wieder seine Hand auf die Wölbung ihres Bauchs. »Und unserem Kind auch.«

»Es ist nicht dein Kind.«

Ungläubig begegnete Ben ihrem Blick. Unter seinen Fingern spürte er immer noch die Wölbung ihres Bauchs.

»Ich weiß«, sagte Theresa leise, »du könntest nie damit leben.«

Ben antwortete nicht. Auf einmal hörte er nur das Blut in seinen Ohren rauschen. Das Weiß des Schnees kam ihm so grell vor, dass er blinzeln musste.

Theresa drehte sich um und öffnete ihre Haustür.

»Warte!«, rief Ben.

Sie blieb stehen. Sie wusste, dass er fragen musste.

»Wer ist der Vater?«

»Tu das nicht«, flüsterte Theresa.

»Wer?«, wiederholte Ben.

»Ich bitte dich …«

»WER?«, schrie er. Und sie schrie mit der gleichen Verzweiflung zurück: »Er ist gestern Nacht gestorben!«

Ben spürte, wie die Kraft aus seinen Beinen wich. Auf einmal machte alles einen Sinn, und es hätte schlimmer nicht sein können.

»Trost«, sagte Theresa leise. »Vor allem war es das.« Trotzig wischte sie ihre Tränen vom Gesicht. »Er war nicht stolz darauf«, fuhr sie fort. »Und er wollte es dir selber sagen. Aber … es sollte wohl nicht sein.«

Bens Blick senkte sich allmählich auf den unerträglich weißen Schnee, der alles andere ausblendete, und in diesem Moment war das mehr als willkommen.

Theresa schloss die Haustür hinter sich. Ben blieb noch einige Zeit davor stehen, bis auch er sich umdrehte und davonging.

Der Nachmittag neigte sich seinem Ende zu. Der Himmel färbte sich in jenem satten Blauviolett, das Ben schon als Kind geliebt hatte. Die Lichterketten an den Häusern strahlten geradezu märchenhaft unter ihren dicken Schneehauben, die Luft roch herrlich frisch, und die Stille, die schon morgen wieder vom Alltag aufgezehrt werden würde, wirkte noch beruhigend.

Ben fragte sich, warum er zu Weihnachten hergekommen war. Wieso hatte er nicht einfach wegfahren können, irgendwohin, wo es kein Weihnachten gab? Wo kein Schnee fiel, keine Enttäuschungen warteten. Er fühlte sich matt und ausgelaugt.

Als er auf das Haus seiner Eltern zusteuerte, sah er zwei dick vermummte Gestalten im Vorgarten. Emma und sein Vater hatten nicht nur einen, sondern fünf Schneemänner gebaut. Zwei davon waren ungefähr gleich groß. Sie rahmten zwei weitere ein, die sehr viel kleiner waren. Gerade beendete Emma den letzten, noch kleineren.

Carl sah Ben vorsichtig an. »Was sagst du?«

Ben antwortete nicht. Er wandte sich ab und stapfte weiter zum Haus.

»Ben!«, hörte er Emma hinter ihm rufen.

Aber Ben ging weiter. Bevor er das Haus betrat, sah er, dass sein Vater Emma davon abgehalten hatte, ihm zu folgen, und sie nun tröstend in seinen Armen hielt.

Zielsicher steuerte er auf die Treppe zu. Alles, was er jetzt noch wollte, war, in seinem Zimmer zu verschwinden und die Augen zu schließen. Zu schlafen, egal, wie lang. Er war so müde, so verbraucht, so …

»Ben?«

Seine Hand lag bereits auf dem Treppengeländer, als seine Mutter aus der Küche trat.

Der Blick, den er ihr zuwarf, war unmissverständlich. Kalt, abweisend, sogar aggressiv. Seine Spezialität.

Aber bei seiner Mutter hatte dieser Blick nie wirklich funktioniert. Kein Zweifel, sie würde ihn auffordern, sich zu ihr zu setzen. Sie würde ihn bitten, mit ihr zu reden. Weil Emma offensichtlich das Schweigen nicht mehr ertragen hatte. Es würde sicher ein ruhiges, liebevolles Gespräch werden, an dessen Ende sich jeder von ihnen vergab und sie endlich ohne Schuldgefühle nach vorne blicken konnten.

Aber Ben wollte nicht reden. Er wollte auch nicht, dass man sich vergab. Tat man so was jemals wirklich? Wenn dieses Weihnachtsfest ihm eins bewiesen hatte, dann das. Menschen änderten sich nicht. Und sie bereuten auch nichts. Höchstens für ein paar Augenblicke. Nicht genug, um wirklich über ihren Schatten zu springen.

»Ben?«, fragte seine Mutter erneut. »Möchtest du irgendwas?«

Ben sah seine Mutter schweigend an.

»Komm«, sagte sie leise und bedeutete ihm mit einem kurzen Kopfnicken, ihr in die Küche zu folgen.

Er wusste nicht, warum er das tat. Aber als er sich an den Küchentisch setzte und Kirsten Milch in einen Topf goss, erinnerte ihn das in der Luft hängende Aroma von Josephs Weihnachtsplätzchen daran, dass er den ganzen Tag nichts gegessen oder getrunken hatte. Sein Hals war trocken und schmerzte beim Schlucken. Der Kakao, den seine Mutter ihm auf den Tisch stellte, ließ dieses Gefühl verschwinden. Und die Plätzchen, die Ben von dem bereitgestellten Teller nahm, waren nicht zu süß.

Eine Zeit lang schauten seine Mutter und er durch das Fenster in die Dunkelheit hinaus, wo die Umrisse der Schneemannfamilie zu sehen waren.

»Besser?«, fragte Kirsten dann.

Ben nickte.

Eigentlich hatte er es schon damals befürchtet: Seine Eltern mussten Emma und ihn gehört haben.

Der frühe Sommer hatte an jenem Tag eine drückende Hitze mitgebracht, und obwohl das fröhliche, helle Sonnenlicht nach vielen Wochen Regenwetter eine Wohltat gewesen war, hatten Ben und Emma den Keller kaum verlassen. Hier war es herrlich kühl und still, und man konnte nicht hören, was in den oberen Stockwerken vor sich ging.

Die dritte Schwangerschaft ihrer Mutter war von Anfang an problematisch verlaufen. Oft hatte Kirsten über Schmerzen geklagt, für die ihr Arzt keine Ursache finden konnte. Auch ihre Stimmungsschwankungen schienen, wie der Arzt behauptete, rein psychosomatischer Natur zu sein, was Kirsten jedoch nur noch mehr Angst machte. Carl unterstützte sie dabei, eine zweite Meinung einzuholen und sogar eine dritte. Aber die damit verbundenen Ratschläge und Verdachtsmomente lösten nur noch mehr Sorgen aus, welche die übrig gebliebene Geduld endgültig aufbrauchten und Platz für gegenseitige Vorwürfe schafften.

Natürlich hatten Kirsten und Carl krampfhaft versucht, ihre Auseinandersetzungen vor den Kindern geheim zu halten – unbedingte Harmonie war in diesem Haus schließlich das oberste Gebot. Allerdings hatte ihre Vorsicht unter dem Stress arg nachgelassen. Ebenso ihr Bewusstsein für die Feinfühligkeit ihrer Kinder.

An jenem Sommertag hatten Ben und Emma plötzlich auf der Kellertreppe polternde Schritte gehört. Ihr Vater rannte zu ihnen hinunter, um sie darüber zu informieren, dass er ihre Mutter ins Krankenhaus bringen müsste. Emma und Ben sollten bei der Nachbarin klingeln und sie fragen, ob sie bei ihnen bleiben könnte – wie lange, das konnte Carl noch nicht abschätzen. Aber eins konnte er ihnen versprechen: Wenn er zurückkäme, wäre ihr Geschwisterchen endlich auf der Welt.

Dass diese Ankündigung aus Bens und Emmas Sicht das Schicksal der Familie besiegelte, konnte Carl genauso wenig wie Kirsten erwarten. Schließlich hatten Ben und Emma ihren Eltern neun Monate lang vorgespielt, dass sie es kaum erwarten konnten, das neue Familienmitglied willkommen zu heißen.

Tatsächlich aber befürchteten Ben und Emma, dass die Ankunft jenes Babys, das von Beginn an nur Angst und Ärger in die Familie gebracht hatte, Gefahr für die Harmonie bedeuten würde, die sie gewöhnt gewesen waren.

Also mussten sie etwas unternehmen. Und das Einzige, was ihnen einfiel, war das, was die Menschen doch immer taten, wenn sie nicht mehr weiterwussten. Sie knieten sich nieder und fingen an zu beten. Gott sollte dafür sorgen, dass ihr Geschwisterchen verschwinden würde. Gott sollte dafür sorgen, dass ihre Eltern allein nach Hause zurückkehrten und alles wieder so werden könnte, wie es vorher war. So unwahrscheinlich konnte das doch gar nicht sein – in ihrer Nachbarschaft war schon eine andere Mutter aus dem Krankenhaus zurückgekommen, ohne ihr Baby mitzubringen. Zwar war diese Mutter danach noch lange traurig gewesen, aber mit ihren Kindern hatte sie weiterhin prima spielen können. Auch mit ihrem Mann war sie wieder glücklich geworden. Man hatte sie miteinander lachen und Hand in Hand gehen sehen. Sogar öfter als vor dieser Sache mit dem Baby. Ben und Emma hatten ihre eigenen Eltern schon lange nicht mehr Hand in Hand gehen sehen.

Natürlich wussten sie nicht, ob das mit dem Beten funktionierte.

Aber das tat es.

Ihre Eltern kehrten zurück. Ohne das Baby. Nur wurde danach trotzdem nicht alles so wie früher.

Die Harmonie, die ihre Eltern zu demonstrieren bemüht waren, fühlte sich genauso falsch und unbeständig an wie zuvor. Und auch wenn das Baby, das bei der Geburt erstickt war, im Haus der Sengers nie wieder erwähnt wurde, war es trotzdem immer da, wie ein Geist, den niemand sehen und deshalb auch nicht vertreiben konnte. Ben und Emma waren noch zu jung, um die Gründe dafür zu verstehen. Aber sie waren alt genug, um sich zu fragen, ob sie schuld daran waren, dass alles nicht besser, sondern schlimmer geworden war.

Die Angst davor, dass sie mit ihrem Gebet unauslöschliche Schuld auf sich geladen hatten, schien unbeherrschbar – wie eine chronische Krankheit, die heimtückisch verschwinden konnte, um vorzugaukeln, sie wäre überwunden, nur um dann wieder aufzutauchen und daran zu erinnern, dass man sie nie loswerden könnte.

Als Ben und Emma erwachsen waren und ihr Elternhaus verließen, hatten sie sich gegenseitig versichert, wie absurd ihre Schuldgefühle waren. Trotzdem konnten sie sie nicht loswerden. Und als Maries Vater sich kurz nach der Geburt aus dem Staub machte, befürchtete Emma, damit für das schreckliche Gebet büßen zu müssen.

An dem Tag, an dem Kirsten und Carl ihre Scheidung bekannt gegeben hatten, waren auch Bens

Schuldgefühle zurückgekehrt. Schließlich war die Scheidung seiner Ansicht nach nichts anderes als das Ergebnis einer jahrelangen Entfremdung, ausgelöst durch den Tod ihres dritten Kindes. Zwar weigerte sich Ben, das Scheitern seiner eigenen Ehe als Bestrafung des Schicksals zu empfinden, aber es war ihm nicht immer gelungen.

»Möchtest du noch mehr?«

Ben sah auf. Seine Mutter deutete auf den Milchtopf in ihrer Hand. Ben schüttelte den Kopf.

»Soll ich erzählen, was passiert ist?«, fragte er schließlich.

»Nicht nötig«, erwiderte seine Mutter.

Und das war es wirklich nicht mehr.

Später am Abend fanden sich alle nach und nach im Wohnzimmer ein. Während sich eine belanglose Unterhaltung über die Härte des vergangenen Winters ergab, spürte Ben immer wieder den besorgten Blick seiner Schwester auf sich ruhen. Eine Zeit lang versuchte er Emma zu ignorieren. Schließlich gab er es auf und sah ihr direkt in die Augen. Zwar konnte er nicht sagen, dass er seiner Schwester dankbar war. Aber vielleicht musste er ihr zustimmen, dass sie heute vieles einfacher gemacht hatte.

Weder Ben noch Emma bemerkten, dass Lili sie die ganze Zeit im Auge behielt. Und dabei noch angespannter wirkte als sie beide zusammen.

Es klingelte an der Tür, und Emma stand eilig auf. Als sie mit Peer an ihrer Seite ins Wohnzimmer zurückkehrte, wusste Ben, dass seine Schwester heute wohl in Stimmung war, Geheimnisse zu lüften. Dass Lili sie dazu ermutigt hatte, würde er nie erfahren.

»SIE HATTEN WOHL AUCH KEINEN LEICHTEN TAG«, bemerkte Grit, als sie an Peers Stirn eine stark gerötete Schwellung entdeckte, die beim unfreiwilligen Handgemenge auf Michaels Krankenbett entstanden war.

»Berufsrisiko«, erwiderte Peer gelassen, ohne Ben anzusehen.

Nachdem Peer willkommen geheißen worden war, bemerkte Ben, dass langsam jene Anspannung verschwand, die seine Familie seit Beginn der Festtage gequält hatte. Das Schweigen, das viele Unterhaltungen beendet hatte, verschwand, und die Stimmen wurden lauter, weil befreiter, und das Lachen ebenfalls, auch wenn nicht jedem von ihnen danach zumute war. Emma schien so glücklich zu sein wie lange nicht mehr. Marie spähte ab und zu mit einem säuerlichen Gesichtsausdruck zu ihrer

Mutter und Peer hinüber, besonders wenn die beiden Händchen hielten oder sich küssten. Aber auch das verlor schließlich seinen Reiz.

Lili stahl sich aus dem Wohnzimmer und betrat den Flur. Das Licht dort ließ sie ausgeschaltet. Sie wusste genau, wo sie vor Beginn des Abendessens ihren gepackten Rucksack versteckt hatte. Als Lili ihn hinter einer Kommode hervorziehen wollte, hörte sie plötzlich Bens Stimme.

»Drücken gilt nicht.«

Lili fuhr herum. Sie hoffte, dass sie mit ihrem Körper den Blick auf ihren Rucksack abschirmen konnte.

»Jetzt wird gesungen«, sagte Ben nicht gerade begeistert.

»Ich kann nicht singen.«

Ben zuckte die Achseln. »Muss ja nicht besonders schön sein.«

Lili sah ihn eindringlich an, als versuchte sie seine Gedanken zu lesen.

»Tut mir leid«, sagte sie nach einer Weile und legte eine Hand auf seinen Arm.

Ben tat zuerst so, als wüsste er nicht, was sie meinte, winkte dann ab.

»Vielleicht …«, begann Lili. Ein Lichtschein aus dem Wohnzimmer erhellte in der Dunkelheit ihre Augen. »Vielleicht ist immer noch alles offen …«

Ben seufzte. »Du gibst wohl nie auf.« Und mit einem Augenzwinkern fügte er hinzu: »*Deshalb* bist du also immer noch hier.«

Lächelnd nickte sie.

Als sie ins Wohnzimmer traten, hatten sich die anderen bereits um den Flügel herum versammelt. Recht unschön ließ Grit ihre Fingerknöchel knacken.

Carl stöhnte. »Muss das sein?«

»IST DOCH NUR ZUM WARM WERDEN!«

Was eigentlich nicht nötig war, dachte Ben. Schließlich hatte seine Mutter anscheinend alle Kerzen, die sie je besessen hatte, im Wohnzimmer aufgestellt und angezündet. Als Emma das Licht löschte, erinnerte sich Ben unwillkürlich an den Stromausfall am Heiligen Abend – und Theresas unerwarteten Besuch. Doch als die Lichterkette am Weihnachtsbaum erstrahlte, verschwanden diese Gedanken wieder. Zu Bens Überraschung war es Joseph gewesen, der die Lichterkette eingeschaltet hatte. Auch Carl hatte das nicht erwartet. Er erwiderte das Friedensangebot mit einem knappen Nicken.

Dann griff Grit in die Tasten. Die Akkorde des ersten Weihnachtslieds erfüllten die Luft. Bald sangen sie alle aus vollem Halse mit. Auch Lili. Obwohl sie wusste, dass ihr Rucksack im dunklen Flur auf sie wartete, hakte sie sich bei Ben und Emma ein. Nach all dem Chaos, fand Lili, hatte auch sie ein kleines Stückchen Glück verdient.

Zwischen den Jahren

Als Ben aufwachte, fiel bereits helles Tageslicht ins Zimmer. Aber es war das Klingeln seines Handys, das ihn aus einem langen, tiefen Schlaf gerissen hatte.

»Bist du unterwegs?«, fragte seine Chefin.

Ben sah blinzelnd auf seinen Wecker. Es war bereits zwanzig nach elf. Einen Moment lang legte er sich glaubwürdige Ausflüchte zurecht, entschied sich dann aber für keine davon. Er erklärte seiner Chefin, dass er sich noch immer im Haus seiner Eltern aufhielt.

»Wir hatten doch darüber gesprochen«, nörgelte seine Chefin. »Also steig gefälligst in den nächsten Zug und komm her!«

»Nein.«

»Bitte?«

Ben war von seiner Weigerung selber überrascht. Trotzdem wiederholte er ruhig, dass er nicht zwischen den Jahren, sondern erst am 2. Januar wieder im Büro erscheinen würde.

»Ben«, begann seine Chefin, und aus ihrer Stimme verschwand nun jede Freundlichkeit, »ich bin nicht in Stimmung für so was. Entweder du kommst sofort her, noch heute – oder du brauchst überhaupt nicht mehr wiederzukommen.«

Ben dachte einen Moment nach. Dann legte er auf.

Und ein paar Sekunden lang fühlte er sich so leicht, als würde er beim nächsten Windstoß abheben können. Aber kurz darauf spürte er, wie ihn ein tonnenschweres Gewicht brutal auf den Boden der Tatsachen zurückzog.

Sein Erspartes reichte höchstens aus, um sich einen dürftigen Monat lang über Wasser zu halten. Sicher könnte er seine Eltern um Unterstützung für ein paar weitere Monate bitten, aber das würde er nicht tun. Sie hatten genug eigene Sorgen und außerdem das Recht, von einem 36-jährigen Sohn Selbstständigkeit zu erwarten.

Ben fuhr sich angespannt durchs Haar. Es würde sich so einiges ändern müssen. *Er* würde sich ändern müssen.

Verdammt.

Er hatte noch überhaupt keine Ahnung, wie diese Veränderung aussehen würde, aber im Augenblick musste er erst mal verkraften, dass er diese Veränderung selber herbeigeführt hatte. Er fragte sich, ob das ein neuer Trend für ihn sein würde. Und welche zerstörerischen Überraschungen er für sich noch ausdenken könnte, ohne es vorher zu ahnen.

Als er an Lilis Zimmertür klopfte, hörte er ein gut gelauntes »Ja«. Emma hatte einen Schrank geöffnet und räumte Kleidungsstücke aus ihrem Koffer darin ein.

»Was?«, fragte sie angesichts seines verwirrten Blicks.

»Wo ist Lili?«

»Sie hat den frühen Zug genommen. Musste schließlich arbeiten. Du offensichtlich nicht.«

Ben schluckte. Lili hatte sich nicht einmal von ihm verabschiedet.

»Ich soll dir übrigens ausrichten, dass sie sich bei dir meldet. Sie hat ja deine Handynummer.«

Hatte sie nicht. Ben spürte, wie sich Enttäuschung in ihm breitmachte wie ein Fettleibiger in einem engen Flugzeugsitz. Kraftlos atmete Ben aus. Lili konnte nicht einfach fort sein. Nicht so. Und obwohl es wenigstens die Chance gab, dass sie versuchen würde, ihn hier aufzusuchen oder seine private Adresse ausfindig zu machen, zweifelte Ben daran. Vielmehr hatte er das Gefühl, dass Lilis heimliches Problem, was immer es auch sein mochte, eine erneute Begegnung unmöglich machen würde.

»Ist doch okay, oder?«

Ben sah seine Schwester an.

Sie deutete auf den Schrank und das Zimmer. »Dass ich hier die nächsten Tage einziehe.«

»Und für wie lange?«

»Bis Maries Schule wieder anfängt. Danach … wenn alles gut läuft …« Sie zuckte die Achseln und lächelte voller Hoffnung.

Auch Ben blieb länger im Haus seiner Eltern, als er es vor den Feiertagen geplant hatte. Er verbrachte viel Zeit mit Marie, um Emma die Chance zu geben, sich möglichst oft mit Peer zu treffen. Außerdem bot Marie genug Ablenkung von Gedanken über Theresa, Michael oder Bens eigene Zukunft. Tatsächlich schien es sich Marie zu ihrer persönlichen Aufgabe zu machen, ihren Onkel auf Trab zu halten und vor jedem Anflug eventuellen Schwermuts zu bewahren. Entweder jagte sie ihm eine Heidenangst ein, indem sie mit ihm auf einem Schlitten die vom wegschmelzenden Schnee stetig weiter freigelegten Hänge der nahe gelegenen Anhöhe hinunterraste. Oder sie tötete ihm bei gemeinsamen Einkaufstouren aufgrund ihrer chronischen Unentschiedenheit den letzten Nerv. Zudem schleppte sie Ben in jeden Teenager-Film, den er sich nie freiwillig angesehen hätte, und versuchte ihn mit herausfordernder Beharrlichkeit zu ihrem Musikgeschmack zu bekehren.

Sein Vater und Grit waren bereits am Nachmittag des 27. Dezember abgereist. Ben hatte ihnen versprochen, sie im Lauf des nächsten Jahres öfter zu besuchen als vorher – also wenigstens einmal –, aber Carl kannte seinen Sohn gut genug, um zu wissen, wann er aus reiner Höflichkeit Angebote machte. Beim Heraustragen des Gepäcks flüsterte Carl ihm zu, man könnte sich ja auch mal allein treffen, nur sie beide, und Ben war ihm dafür sehr dankbar. Zu seiner Überraschung musste er sich bei der Verabschiedung von Grit nicht vor ihrer üblichen Busenattacke in Acht nehmen. Stattdessen packte Grit seine Hände und schloss sie erstaunlich sanft in ihre, während sie ihn verschwörerisch anlächelte und sagte: »Ich denke an dich.« Ben war sicher, dass dieser Moment auch aus seinem Gedächtnis nicht so schnell verschwinden würde.

Joseph umarmte Grit nur flüchtig und verabschiedete sich von Carl mit einem kräftigen Händedruck. Carl schien diesen beherzt zu erwidern, versuchte aber bloß, sich nicht anmerken zu lassen, wie schmerzhaft Joseph zudrückte.

Kirsten schien hingegen demonstrativ darauf bedacht zu sein, ihre Gefühle nicht zurückzuhalten.

Sie schloss Carl fest in ihre Arme und küsste ihn sogar auf beide Wangen. Allerdings tat sie dasselbe mit Grit. Aufgrund ihres Größenunterschieds musste Grit sich dafür zu Kirsten hinunterbeugen, was ebenfalls schmerzhaft endete, weil sich, wie Grit in gewohnter Lautstärke verkündete, soeben ihre Bandscheiben gemeldet hätten.

Als der Wagen mit Carl und Grit am Ende der Straße verschwunden war, begaben sich Ben, Marie, Emma, Kirsten und Joseph wieder ins Haus. Die Stille, die sie erwartete, war nicht nur auf die fehlende Lautstärke Grits zurückzuführen, sondern auch auf die Erkenntnis, dass die Feiertage nun endgültig vorbei waren und keiner von ihnen wusste, ob sie in dieser Konstellation noch einmal zusammentreffen würden – oder wollten. Ben war zwar davon überzeugt, dass er dieses Jahr nie vergessen würde. Aber im Lauf der Jahre, und da war er sich genauso sicher, würde jeder ein anderes Bild davon vor Augen haben, so wie es Erinnerungen nun einmal an sich haben. Er fragte sich, wie dieses Bild wohl in Lilis Augen aussehen würde.

Während die Tage bis zu Michaels Beerdigung verstrichen, dachte Ben oft an Lili, vor allem, wenn er in jenem Sessel saß, von dem aus er in der ersten

Nacht seine seelenruhig schlafende Zugbekannt-
schaft beobachtet hatte. Er fragte sich noch immer,
was für ein Geheimnis sie vor ihm verborgen hatte
und ob dies mit ihrer plötzlichen Abreise zusammenhing.

Andererseits war es vielleicht besser, manche Geheimnisse nicht zu ergründen. Hatte er nicht genau
das in den letzten Tagen erkennen müssen?

Ben wusste zwar, dass er kein Recht hatte, Theresa oder Michael irgendetwas vorzuwerfen. Dennoch
fiel es ihm entsetzlich schwer, das nicht zu tun. Die
Beziehung der beiden oder wie immer man es nen-
nen wollte, musste sich bereits während des Tren-
nungsjahres entwickelt haben. Und auch wenn Ben
keinen Kontakt mehr zu Michael gehabt hatte – war
es nicht dessen verdammte Pflicht gewesen, Ben
über die ganze Sache aufzuklären?

Allerdings … hätte das der Wahrheit wirklich den
Stachel genommen? Vielleicht musste Ben sogar
froh sein, dass Michael ihm in seinen letzten Stunden nicht mehr alles hatte beichten können. Er hätte sicher gehofft, dass Ben ihm verzeihen würde.

Und war diese Hoffnung nicht sogar völlig legi-
tim? Theresa und Michael konnten nichts anderes
gewesen sein als zwei Schiffbrüchige, die sich aneinander festhielten und wussten, dass wenigstens
einer von ihnen untergehen würde.

Oder war da doch mehr zwischen ihnen gewesen? Mehr als je zwischen Theresa und Ben selber?

Während Ben darüber nachdachte, musste er feststellen, dass es vor allem diese Frage war, die ihm keine Ruhe ließ. Und das Schlimmste war, dass er keine Chance sah, jemals die Antwort zu erfahren.

silvester

Die Schwellung an Peers Stirn hatte sich zu einem recht unattraktiven, gelblichen Bluterguss entwickelt, als der Pfarrer versuchte, an Michael Hagedorns Grab tröstende Worte zu finden. Dass Ben ganz in seiner Nähe stand, erfüllte Peer mit einer gewissen Unruhe. Aber Ben lag es völlig fern, seine Trauer in Form von Wut erneut an Peer auszulassen. Vielmehr war es ihm ein Bedürfnis, dem neuen Freund seiner Schwester zu zeigen, dass er anfing, ihn zu mögen.

Erstaunlich viele ehemalige Klassenkameraden waren zu Michaels Beerdigung erschienen. Tim hatte sogar seine ganze Familie mitgebracht und mit sichtlicher Erleichterung (und auch Schadenfreude) entdeckt, dass er Lili nicht an Bens Seite vorfand. Dass Tim ihm zur Begrüßung von hinten seine fetten Pranken auf die Schultern gelegt und wie ein ausgehungerter, frisch seinem Grab entstiegener Zombie gestöhnt hatte, empfand Ben nicht als besonders komisch, aber für Tim typisch.

Anschließend hatte Tim ihn mit Allgemeinplätzen zu den Themen Tod und Trauer zugeschwafelt, bis Erik Winger auftauchte und Ben wegzog.

Erik war immer noch enttäuscht, dass er Bens inzwischen oft kolportierten Sturz in den Weihnachtsbaum nicht selber gesehen hatte, weil er zu sehr mit dem Orgelspielen beschäftigt gewesen war.

»Und du hast dir nicht mal blaue Flecken eingehandelt?«

»Tut mir leid.«

»Du hattest einen fetten Schutzengel, das ist dir doch wohl klar.«

»Warum hat er dann zugelassen, dass ich von der Empore gestürzt bin?«

»Das war deine eigene Schuld – zu blöd, um geradeaus zu gehen.«

Die beiden lachten, bevor sie merkten, dass dies auf dem Friedhof zu Stirnrunzeln und Tuscheln führte.

»Das hat Michael bestimmt absichtlich gemacht«, sagte Erik dann.

»Was?«

»Na, dass du jetzt doch noch ein Klassentreffen aushalten musst.«

Tatsächlich herrschte nach der Beerdigung eine Atmosphäre, die bei aller Traurigkeit auch Platz für Wiedersehensfreude und lautstark vorgetragene Anekdoten über Lehrer und sogar auch Michael selber machte. Und obwohl Ben es immer noch schwerfiel, an Michael zu denken, musste er zumindest zugeben, dass ihm das Wiedersehen mit seinen früheren Schulkameraden guttat.

Theresa war weder zur Beerdigung noch später im Restaurant erschienen. Dabei hatte laut Erik sie die Klassenkameraden eingeladen und die kleine Feier auf die Beine gestellt.

»Weißt du, warum sie nicht kommen konnte?«, fragte Ben.

»Wohl wegen des Babys«, meinte Erik. »Die ganze Sache hat sie sehr mitgenommen, und da wollte sie nichts riskieren.«

»Weißt *du*, wer der Vater ist?«

Erik schüttelte den Kopf. »Das bleibt wohl ihr kleines Geheimnis.« Er zwinkerte Ben zu. »Eigentlich hatte ich ja gehofft, dass *du* es bist. Aber das wäre ja zu schön gewesen, um wahr zu sein, oder?«

Ben nickte.

227

Nachdem er sich von seinen Klassenkameraden verabschiedet hatte, ging er nach Hause, um sein Gepäck zu holen und den nächsten Zug zu erwischen. Seine Mutter bot ihm erneut an, wenigstens noch bis zum nächsten Tag zu bleiben und gemeinsam Silvester zu feiern. Marie unterstützte ihre Großmutter dabei besonders überzeugend. Doch Ben beharrte auf seinem Plan. Er wusste, dass ihm die Abreise morgen noch schwerer fallen würde. Außerdem hatte er das Bedürfnis, ein wenig allein zu sein.

Als Ben nach zahlreichen Umarmungen und Wünschen die Haustür öffnete und nach draußen trat, fiel sein Blick auf die Schneemannfamilie, die sein Vater und Emma am Abend des 2. Weihnachtstages im Garten gebaut hatten. Nach dem Tauwetter der letzten Tage waren nur noch ein paar kümmerliche, verdreckte Eishaufen übrig.

»Ben?«

Er wandte sich noch einmal zu seiner Mutter um.

»Danke, dass du Lili mitgebracht hast.«

»Keine Ursache«, erwiderte Ben leichtfertig.

»Nein, wirklich. Es war schön, dass sie hier war. Manchmal …«

»Was?«

Kirsten zögerte. »Manchmal hat sie mich an jemanden erinnert.«

»An wen?«

»An jemanden, den ich nie kennenlernen durfte«, antwortete Kirsten. »Aber irgendwie habe ich
mir sie immer so vorgestellt.«

Ben sah seine Mutter ungläubig an.

»Das Baby«, sagte Kirsten leise. »Es war ein Mädchen. Ihr Name war ebenfalls Lili. Genau wie in
dem Film. Du kennst den doch, oder? ›Darling
Lili‹? Wann immer er im Fernsehen war, habe ich
ihn mir angesehen. Erinnerst du dich nicht mehr?«

Langsam schüttelte Ben den Kopf.

Am Bahnhof kaufte Ben sich schnell noch eine Ta-
geszeitung, bevor er in letzter Sekunde seinen Zug
erreichte und einstieg. Die Abteile waren kaum be-
setzt, hauptsächlich mit Menschen auf dem Weg zu
einer Silvesterfeier. Um ihren bereits feuchtfröhli-
chen Witzen und dem begleitenden Gegröle zu ent-
kommen, wechselte Ben immer wieder seinen Platz.
Schließlich gab er es auf. Er entfaltete seine Zeitung
und versteckte sich dahinter in der Hoffnung, so
wenigstens nicht angesprochen zu werden.

Als der Zug in den Zielbahnhof einfuhr, öffnete
Ben verwirrt die Augen. Das Abteil war leer, und sei-
ne Zeitung lag am Boden. Er musste kurz nach der
Abfahrt eingeschlafen sein.

Der Nachmittag neigte sich seinem Ende zu, als Ben den Hausflur hinuntersteuerte, der ihn zu seiner kleinen Wohnung führte. Ben schloss die Tür auf und trat ein, wobei der Stapel Post, den er aus dem Briefkasten gefischt hatte, unter seiner Armbeuge wegrutschte und sich auf dem Boden verstreute.

Er schaltete das Licht ein, drückte die Wohnungstür hinter sich zu und setzte sein Gepäck ab. Die Briefe auf dem Boden sammelte er achtlos zusammen, um sie auf eine Kommode zu legen. Ein erster Blick auf die für Rechnungen üblichen Fenster-Kuverts machte ihm keine Lust, sich so schnell darum zu kümmern.

Aber da war auch noch eine Postkarte. Mit einem bunten, überaus geschmacklos geschmückten Weihnachtsbaum auf der Vorderseite. Ben drehte die Karte um und war damit schon auf dem Weg zum Papierkorb, als er feststellen musste, dass es sich nicht um verspätete Grüße eines vergessenen Bekannten handelte. Die Karte stammte von Grit. In der Mitte hatte sie eine Telefonnummer aufgeschrieben und eingekreist. Ein Pfeil führte zu einer einzigen Zeile:

»EIN KOLLEGE AN DER MUSIKSCHULE GEHT IN RENTE – INTERESSE AN EINEM VORSTELLUNGSGE-SPRÄCH?«

Dann klingelte es an der Tür. Ben erwartete niemanden und versuchte abzuwarten, bis sein Besucher das Klingeln aufgab. Aber den Gefallen tat ihm die Person nicht.

Ben riss die Tür auf.

»Hallo«, sagte die Frau, die ungefähr Anfang dreißig sein musste. Ihr kurzes Haar war strubbelig, und das schwarze Cocktailkleid, das sie trug, stand ihr ziemlich gut.

»Ja?«, seufzte Ben.

Die junge Frau lächelte ihn erwartungsvoll an. Als keine Reaktion kam, erklärte sie: »Ich bin die neue Nachbarin.«

»Wir sind uns schon ein paar Mal begegnet«, antwortete Ben in einem Tonfall, der nicht gerade Begeisterung vermuten ließ.

»Stimmt«, grinste die Nachbarin. »Ich hab Sie ganz schön vollgequatscht, was?«

Im Augenblick war Ben dazu erst recht nicht in Stimmung.

»Ich wollte nur sagen, ich habe nachher ein paar Gäste«, sagte seine Nachbarin. »Es könnte also ein wenig laut werden.«

Ben brummte unzufrieden.

»Ich wüsste, wie es sehr viel erträglicher für Sie werden könnte«, erwiderte seine Nachbarin lächelnd. »Sie könnten mitfeiern.«

Ben winkte ab. »Ich bin gerade erst von einer Reise zurückgekommen.«

»Wo waren Sie denn?«

Ben seufzte wieder. »Hören Sie, ich bin wirklich müde und würde daher gern …«

»Sie wollen Silvester verschlafen? Was ist das für ein Start ins neue Jahr?«

Nun wurde Ben langsam sauer. »Passen Sie auf. Ich wünsche Ihnen und Ihren Gästen eine wahnsinnig tolle Party. Aber …«

»Ich habe extra ein neues Kleid angezogen. Gefällt es Ihnen?« Sie wies augenzwinkernd an sich herunter.

»Sie werden bestimmt jemanden finden, der es Ihnen gerne auszieht«, schnappte Ben zurück und schloss die Tür.

Nachdem er ausgepackt hatte, saß Ben eine Weile schweigend in seinem Wohnzimmer. Mit Bedauern fiel ihm ein, dass er den kleinen Globus, das Geschenk seiner Eltern, auf einer Kommode im Gästezimmer ihres Hauses vergessen hatte.

Er schaltete den Fernseher ein, zappte von einer gezwungen fröhlichen Silvestersendung zur nächsten und schaltete wieder aus.

Er lauschte und hörte überall im Haus leises Stimmengewirr, punktiert von aufbrausendem Gelächter. Offenbar fand heute nicht nur eine Party statt.

Da er zwar müde war, aber zu aufgekratzt, um schon schlafen zu gehen, beschloss er frische Luft zu schnappen. Die Kälte draußen würde ihm bestimmt helfen, seinen Kopf frei zu machen.

Lautes Krachen zerriss mehrere Male hintereinander die Luft, und Ben schreckte herum. Auf der weitgehend verlassenen Straße hatten ein paar Kinder Silvesterkracher explodieren lassen und rannten lachend weg. Ben bog in eine andere Straße ab, die ihn zu einer Brücke über den großen See führte, der sich am Rand des Stadtkerns erstreckte. Die Dämmerung hatte bereits eingesetzt und färbte auch die zu großen Teilen zugefrorene Wasseroberfläche des Sees in ein dunkles Rot.

Nur wenige Passanten waren Ben auf seinem Spaziergang bisher entgegengekommen. Die Autos, die an ihm vorbeigefahren waren, konnte er ebenfalls an einer Hand abzählen. Die meisten Menschen schienen an diesem Silvesterabend längst dort zu sein, wo sie hingehörten.

Während er über die Brücke wanderte, musste er daran denken, wie oft er und Theresa diesen Weg entlang spaziert waren. Das ärgerte ihn. Er wollte keinen nostalgischen Gedanken nachhängen, sondern sie loswerden. Sein Unterbewusstsein mochte ihn hergeführt haben, aber es würde ihn keineswegs an der kurzen Leine halten können. Im Gegenteil – Ben beschloss, von nun ab besonders dann die Richtung zu wechseln, wenn seine Erinnerungen es mal wieder mit ihrer Wehmütigkeit übertrieben wie ein dackeläugiger Bettler vor dem Eingang eines Einkaufszentrums.

Ben beschleunigte seine Schritte. Er wollte die Brücke so schnell wie möglich hinter sich lassen. Das wäre ihm auch fast gelungen, hätte er nicht die Gestalt entdeckt, die unter der Brücke hervorschnellte und auf dem Eis elegant und federleicht ihre Runden drehte.

Sie nahm neuen Schwung, verschwand kurzzeitig unter der Brücke, um in einem kleinen Bogen wieder zum Vorschein zu kommen, nah genug, dass das Licht einer Straßenlaterne sie erreichte und Ben sie erkennen konnte.

»Lili?«

Ben starrte ungläubig zu ihr hinunter. Dann eilte er die Treppen hinunter, die von der Brücke zum Fußweg rund um den See führten. Lili näherte sich bis auf ein paar Meter dem Ufer und blieb dort auf ihren Schlittschuhen stehen. Sie trug wieder ihren grün-weiß gestreiften Pullover, dazu den roten Minirock über schwarzen Strumpfhosen, genau wie bei ihrer ersten Begegnung im Zug, und schien trotz fehlenden Mantels nicht zu frieren.

»Du siehst nicht gerade begeistert aus«, rief sie ihm zu.

»Ich frage mich gerade, welche der hiesigen Versicherungen du ausgerechnet an Silvester beraten hast«, antwortete Ben.

Lili musste lachen. »Ich bin deinetwegen hier«, erklärte sie dann und fuhr erneut einen kleinen Kreis.

Ben befürchtete, dass sie ihm wieder davonfahren würde, betrat das Eis und ging auf Lili zu.

Sie erschrak und stoppte ab. »Vorsicht!«

Ben blieb kurz stehen, deutete aber auf die dick zugefrorene Seeoberfläche und meinte: »Du willst bloß, dass ich dir nicht zu nahe komme.«

Wie um ihm das Gegenteil zu beweisen, nahm Lili kurz Anlauf, raste auf ihn zu und hielt mit einer scharfen Kurvenbewegung direkt vor ihm an.

»Beeindruckend.«

»Ich bin bloß leichter als du.« Sie deutete zum Ufer zurück. »Willst du nicht lieber von dort aus …«

»Erst beantwortest du mir ein paar Fragen. Zum Beispiel: Warum hast du dich nicht von mir verabschiedet?«

»Du brauchtest deinen Schlaf.«

»Lass das endlich.«

»Was denn?«

»Du tauchst plötzlich auf, dann verschwindest du wieder. Du weichst jeder Frage aus oder erzählst mir irgendwelche Geschichten, an die ich nicht wirklich glauben kann …« Er fixierte sie. »Es war kein Zufall, dass wir uns begegnet sind, nicht wahr?«

Lili schüttelte sanft ihren Kopf.

»Ich wusste es«, schnaubte Ben. »Das Ganze war verabredet, richtig? Du *solltest* mich nach Hause begleiten.«

Lili nickte.

»Du solltest dafür sorgen, dass alles … einfacher läuft. Dass sich meine Familie nicht zerfleischt so wie sonst.« Ben lächelte dünn. »Die Fremde, vor der sich die anderen ein wenig zusammennehmen. Genau wie du's gesagt hast.«

Lili schien sichtlich enttäuscht, ertappt worden zu sein. Gleichzeitig versuchte sie, Bens Redeschwall zu unterbrechen, als wollte sie unbedingt ein Missverständnis beseitigen.

Ben war jedoch noch nicht fertig. »Weißt du, was dich verraten hat? Eine Lüge zu viel.«

Lili sah ihn fragend an.

»Der Name. Und die Geschichte dahinter: ›Lili – wie in diesem Film, den meine Mutter früher so geliebt hat.‹« Ben schüttelte entnervt den Kopf. »Dass sie dich engagiert, um mir und Emma zu verstehen zu geben, dass alles in Ordnung ist … dass alles im Leben schon irgendeinen Sinn ergibt …«

»Deine Mutter hat mich nicht ›engagiert‹«, widersprach Lili.

»Ach, nein? Du hast doch gerade zugegeben, dass unser Treffen im Zug kein Zufall war!«

»Was kann ich tun«, fragte Lili geduldig, »damit du mir glaubst?«

»Zeig mir deinen Ausweis.«

»Ich habe keinen.«

»Na so was«, erwiderte Ben. »Gestohlen?«

Lili schüttelte den Kopf. Dann machte sie ein paar Schritte und fuhr langsame Bögen um Ben herum, was ihn noch ärgerlicher machte. »Weißt du«, sagte sie währenddessen, »ich glaube auch nicht an Zufälle. Aber ich glaube daran, dass manchmal Dinge passieren, weil es so sein soll.«

»An Schicksal glaube ich genauso wenig«, brummte Ben.

»Ich rede nicht von Schicksal«, erklärte Lili. »Ich denke, dass jeder Einfluss darauf nehmen kann, wie sein Leben verläuft. Und die Ereignisse, die ich meine, sollen genau daran erinnern. Dass jeder etwas ändern *kann*.«

Ben verschränkte die Arme vor seinem Körper.

»Nur fällt es uns manchmal verdammt schwer, diese Ereignisse richtig zu deuten«, fuhr Lili fort.

»Viele bemerken sie nicht einmal. Und das ist echt schade. Wunder sind schließlich ungeheuer selten.«

»Wunder?« Ben verzog das Gesicht.

»Nicht mal daran glaubst du?«

Ben lachte zynisch. »Vielleicht habe ich einfach noch nicht genug von ihnen erlebt.«

»Doch, hast du«, sagte Lili. »Du hast sie bloß nicht bemerkt.« Sie lächelte und hielt wieder an. »Dabei möchtest du eigentlich so gern daran glauben.«

Lili hatte recht. Ben hätte gern an Wunder geglaubt. Aber was für Wunder waren ihm schon passiert? Dass der Mensch, den er über alles geliebt hatte, von seinem verstorbenen, sogenannten Freund ein Baby erwartete?

»Noch ist alles offen«, sagte Lili wieder. »Das ist es, was ich dir noch unbedingt sagen wollte.«

Bens Stimme war kühl und abweisend. »Deshalb hast du deine Schlittschühchen angezogen und kurvst genau in dem Augenblick hier rum, in dem ich über diese Brücke gehe?«

Nun verlor Lili ihre Geduld. »Hör mir genau zu. Ich habe zwar gesagt: Noch ist alles offen. Aber die Zeit läuft dir davon. Und wenn du hier weiterhin so blöd rumstehst und dich schwierig machst …«

»Ich mache mich schwierig?«

»Ja, klar! Du warst schon immer furchtbar widerspenstig. Der Widerspenstigste von euch allen!«

»Von wem?«

»Ben!«, stöhnte Lili.

»Was willst du von mir?«

»Dass du endlich das tust, was du schon lange tun wolltest. Und was du bloß immer weggeschoben hast, weil du zu viel Angst hast! Und an kindischen Vorstellungen klebst, wie dein Leben auszusehen hat.« Lili regte sich so sehr auf, dass sie einen Moment lang ihr Gleichgewicht verlor und sich nur mit Mühe wieder fangen konnte. »Das Leben verläuft nicht nach Plan? Bu-huh. Was willst du jetzt machen? Aufgeben? Ist das etwa der neue Plan?«

»Wenn du Theresa meinst ...«

Wieder bremste Lili scharf vor ihm ab. Nun standen sie nur noch wenige Zentimeter voneinander entfernt. Dank der Schlittschuhe war Lili mit Ben sogar auf Augenhöhe.

»Mir bleibt nicht mehr viel Zeit«, sagte sie unglücklich.

»Du hast noch was vor?«

»Ich darf nicht bleiben.«

»Sagt wer?«

Als sie ihre Hand hob, zuckte Ben unwillkürlich zurück. Doch sie gab ihm keine Ohrfeige, sondern legte ihre Hand erstaunlich sanft auf seine Wange.

»Geh heim«, sagte sie leise. Dann gab sie ihm einen schnellen Kuss auf die Stirn. Bevor Ben noch etwas erwidern konnte, drehte Lili sich um und fuhr los.

»Warte!«, rief er ihr hinterher. »Lili! Oder wie immer du heißt …«

Aber schon war sie unter der Brücke verschwunden. Und die Dunkelheit schien nicht nur sie zu verschlucken, sondern auch das Kratzen ihrer Schlittschuhkufen auf dem Eis.

Ben lachte irritiert auf, und ohne nachzudenken setzte er sich in Bewegung, um ihr zu folgen. Zu spät ordnete er das Knarren, das durch die Luft hallte, der tatsächlich zu dünnen Eisoberfläche zu.

Er spürte, wie er das Gleichgewicht verlor, und auf einmal umspülte seinen rechten Fuß eisiges Wasser. Er stürzte nach vorne und landete hart auf den Knien. Während er sehen konnte, wie sich ein wildes Zickzack-Muster auf der Fläche vor ihm ausbreitete, hörte er gleichzeitig das Krachen der auseinanderbrechenden Eisschollen. Instinktiv warf er sich zur Seite, auf den noch intakten Teil des Eises, löste durch den Aufprall aber ein weiteres Krachen aus, als wieder ein Eisstück vom Rest der umliegenden Fläche wegbrach.

Die im Licht der Straßenlaterne sichtbaren Risse im Eis erstreckten sich mittlerweile bis zur Brücke. Lili hatte recht behalten – er hätte nie einen Fuß aufs Eis setzen dürfen. Und selbst wenn sie sich jetzt noch einmal umblickte, könnte sie ihm nicht mehr zu Hilfe kommen, ohne selber im eisigen Wasser zu landen.

So schnell, aber auch so vorsichtig er konnte, kroch er vorwärts, verlagerte angsterfüllt sein Gewicht, lauschte auf jedes weitere Knacken, Knarren und Krachen, das seinen Untergang bedeuten konnte.

Während er sich dem Ufer näherte, musste er an den unerträglichen Schwindel denken, den seine Mutter und Lili mit ihm abgezogen hatten. Hatten sie nur mit ihm gespielt? Das würde er sich nicht bieten lassen. Und was sollte dieses kitschige Gequatsche von wegen, seine Zeit würde ihm davonlaufen. Echt toll, solche Kalendersprüche von einer wahrscheinlich arbeitslosen Schauspielerin aufgedrückt zu bekommen. Und zu welchem Zweck? Damit er endlich was tun sollte: sich noch mehr zum Narren machen?

Das Eiswasser ließ ihn geradezu schmerzhaft aufstöhnen. Blitzschnell stand es ihm bis zum Hals. Wie konnte das Eis so plötzlich unter ihm gebrochen sein, so kurz vor dem Ufer? Er hatte nicht einmal ein Krachen gehört! Eine vergnügte Stimme, wie aus einer Wissenssendung für Kinder, ertönte in seinem Kopf und erklärte, dass die Wasseroberfläche an einem Seeufer nun einmal immer dünner war als mitten auf dem See, und dass man deshalb dort ganz besonders vorsichtig sein musste.

Bens Körper verkrampfte sich, als er mit fahrigen Bewegungen um sich planschte und nach irgendetwas suchte, das ihm Halt geben konnte, bevor er unter Schock erstarren und in der Schwärze unter sich versinken würde. Aber er bekam nichts zu fassen. Ein paar Zweige zerkratzten seine eisigen Finger und brachen ab, als er sich an ihnen festhalten wollte.

Und plötzlich wusste Ben: Das war's. So würde es enden. Ausgerechnet hier im See, an dem Theresa und er so oft gestanden und sich aneinander festgehalten hatten.

Vielleicht würde man ihn gar nicht so schnell finden. Wenn es noch einmal schneien und frieren würde, konnte sich die Eisdecke durchaus wieder schließen. Und wenn der Winter so lange dauern würde wie letztes Jahr, würde man ihn möglicherweise erst im Frühjahr wieder auftreiben. Vielleicht zur Segelregatta, die dann immer stattfand. Kein schöner Anblick. In der Zeitung wäre es bestimmt eine Meldung wert. Was wohl seine Chefin dazu sagen würde?

Seiner Familie hätte er das Ganze natürlich lieber erspart. Schlimm genug, dass sie sich die ersten Monate des Jahres entsetzliche Sorgen um sein Verschwinden machen würde – und Hoffnungen darauf, dass er wieder auftauchte. Tja, und wenn er das täte, würde es auch nicht besser.

Und dann war da noch Theresa.

Was würde sie sagen?

Er durfte ihr das nicht antun. Wenn man jemanden vergessen will, darf derjenige bloß nicht sterben.

Aber was konnte er schon unternehmen? Es fiel ihm immer schwerer, sich zu bewegen. Eine merkwürdige Schläfrigkeit begann ihn einzuhüllen. Das Ufer war zwar nah, aber trotzdem zu weit entfernt. Wenn er noch einmal seinen Arm ausstreckte, vielleicht … Tatsächlich bekam er einen dickeren Ast zu fassen und zog sich an diesem näher ans Ufer. Als er es erreichte und aus dem Wasser klettern wollte, fehlten ihm jedoch die Kraft und die Puste. Fantastisch, dachte Ben. So kurz vor dem Ziel und trotzdem verloren. Er spähte noch einmal verzweifelt in die Umgebung. Aber da war kein Passant, der zufällig vorbeikam. Auch nicht Lili. Wo mochte die nun wohl sein?

Egal. Auf diese Frage brauchte er keine Antwort mehr zu finden. Das erbärmliche Zittern, das durch seinen Körper ging, ließ seine Zähne klappern wie die eines Geisterbahngespensts, und fast hätte er darüber gelacht.

Um sich aus dem Wasser zu ziehen, hätte er Hilfe gebraucht, jemanden, der ihn am Kragen hochgezogen hätte, nur ein Stückchen, genug, um den nötigen Schwung zu bekommen, damit er sich aus eigener Kraft …

Sein Bein schwang über den Uferrand. Und auf einmal gelang es ihm, sich ganz aus dem Wasser zu hieven und auf den harten, knorrigen Boden zu rollen. Er fror bitterlich, mehr noch als im Wasser. Eines war klar: Hier konnte er unmöglich liegen bleiben, sonst würde er erfrieren. Aber es schien so viel einfacher, liegen zu bleiben. Er war so erschöpft, so verdammt am Ende …

Ein erneuter Windstoß ließ ihn erzittern, und Ben versuchte, sich aufzusetzen. Noch nie in seinem Leben war ihm so verdammt kalt gewesen.

Er musste nach Hause. Eine heiße Badewanne. Tee. Kaffee. Was auch immer, Hauptsache heiß. Nicht zu heiß, er wollte sich ja nicht verbrennen. Konnte er sich eigentlich verbrennen, in seinem gegenwärtigen Zustand? Worüber man so nachdachte, wenn man gerade dem Tod entronnen war. Und das war er, oder? Auch wenn er nicht wusste, wie er es geschafft hatte.

Während er noch darüber nachdachte, stand er auf und machte sich auf den Heimweg.

»Sind Sie sicher, dass Sie nicht in ein Krankenhaus wollen?«

Ben warf dem Taxifahrer einen eisigen Blick zu und brummte: »B-B-Bahnhof!« Er zitterte immer noch, obwohl der Taxifahrer auf seinen Wunsch hin die Heizung voll aufgedreht hatte. Wenigstens tropfte seine Kleidung nicht mehr.

Ben fragte sich, wie es möglich gewesen war, dass er sich aus dem Wasser hatte hieven können. Aus eigener Kraft war das nicht geschehen, denn davon war nichts mehr übrig gewesen. Eigentlich hätte er untergehen müssen. Stattdessen hatte er sich für einen Moment unerklärlich leicht gefühlt, lange genug, um aus dem Wasser zu steigen. Ein Wunder. Er fand einfach kein anderes Wort dafür.

Warum sträubte er sich trotzdem dagegen? Für jemanden, der immer nur an Dinge glaubte, die sich beweisen ließen, schien er erstaunlich bereit, daran zu glauben, dass es Wunder *nicht* gab – obwohl er das nicht beweisen konnte.

Und wenn Lili recht hatte?

Was vergab er sich, wenn er es zumindest versuchte, daran zu glauben?

Ben musste lachen, denn aus dem Radio ertönte gerade ein Lied, das er ewig nicht gehört hatte: »Don't stop believing« von Journey.

Das war zu viel, oder? Ben lachte weiter, konnte kaum aufhören damit. Der Taxifahrer warf ihm einen besorgten Blick zu.

Natürlich hätte Ben sie einfach anrufen können, aber bei seinem Versuch, nicht zu ertrinken, musste sein Handy aus der Manteltasche gerutscht sein. Vielleicht war das ja ein Zeichen – er sollte zu Theresa fahren. Jetzt sofort. Egal, wie er aussah, wie kalt ihm war, wie krank er werden würde. Ein letzter Zug fuhr heute noch. Und die Tatsache, dass er ihn so gerade noch erwischen würde – war nicht auch das ein Zeichen?

Nachdem Ben ein paar labbrige Banknoten aus seinem aufgeweichten Portemonnaie gezogen hatte, um den Taxifahrer zu bezahlen, schleppte er sich so schnell er konnte (und das war nicht besonders schnell) die Stufen zum Gleis hinauf.

Und tatsächlich: Er schaffte es und war sogar zwei Minuten zu früh. Wenn der Zug gleich einfahren würde, könnte er sich im beheizten Abteil weiter aufwärmen und vielleicht sogar ein bisschen schlafen, Kräfte sammeln. Sich überlegen, was er Theresa sagen würde – obwohl der genaue Wortlaut bestimmt gleichgültig war. Hauptsache, Theresa könnte sehen, dass er über seinen Schatten gesprungen war. Wahrscheinlich war es deshalb so wichtig, dass er nicht angerufen hatte, sondern sich trotz der wirklich ungünstigen Umstände selber zu ihr bemühen wollte. Ein Wunder, gar keine Frage.

Die Anzeigetafel auf dem Gleis veränderte sich. Ben war fassungslos, als nicht etwa der einfahrende Zug angekündigt wurde, sondern dessen Ausfall. Zuerst ungläubig, dann wütend wandte Ben sich an einen Schaffner. »Lokschaden«, erklärte dieser gleichmütig. Außerdem wies er Ben darauf hin, dass es keinen Ersatzzug geben würde.

Wie konnte er bloß so blöd gewesen sein.

Ein Wunder? Ein Wink des Schicksals?

Das kam davon, wenn man sich einreden wollte, dass alles irgendwie einen Sinn ergab. Genauso wenig wie es ein Zeichen gewesen war, dass er vorhin dem Tod entrinnen konnte, wollte ihm das Leben jetzt mitteilen, dass er doch nicht zu Theresa fahren sollte. Und warum? Weil alles reiner Zufall war. Unbedeutend und in seiner Beliebigkeit geradezu lachhaft. Und Lili ... nun, wenn das Ganze nicht doch von seiner Mutter eingefädelt worden war, gab es noch eine andere Erklärung: Wahrscheinlich war die junge Frau einfach durchgedreht. Psychisch krank. Natürlich. Er hatte eine Verrückte aufgegabelt. Das mit dem Namen – völlig albern. Wahrscheinlich gab es Tausende von Müttern, die seinerzeit diesen Film gesehen und ihre Töchter danach benannt hatten.

Ein Zufall. Nichts weiter.

Dass er überhaupt einen Gedanken daran verschwendet hatte. Offensichtlich war er selber nicht mehr ganz dicht.

Als er endlich aus dem Aufzug stieg und den Flur zu seiner Wohnung hinunterwanderte, nahm Ben sein Zittern schon gar nicht mehr wahr. Vor lauter Enttäuschung, Wut und Resignation hatte er den ganzen Weg vom Bahnhof nach Hause zu Fuß zurückgelegt. Aber er hatte ja Zeit. Kalt war ihm sowieso längst. Und die lauten Partys im Haus hätten ihm sowieso keinen Schlaf erlaubt.

Mit starren Fingern suchte Ben in seinen Taschen nach dem Wohnungsschlüssel. Für einen Moment befürchtete er, dass der Schlüsselbund genau wie sein Handy auf dem Grund des Sees lag. Doch wenigstens das blieb Ben erspart. Er fand die Schlüssel in einer Innentasche mit Reißverschluss und fummelte sie heraus.

»Was ist denn mit Ihnen passiert?«

Ben hatte zwar gehört, wie die Tür seiner Nachbarin geöffnet worden war und laute Stimmungsmusik herausgedröhnt kam. Aber er drehte sich nicht um. Er wollte keine Unterhaltung. Oder sich erklären. Er wollte nur …

»Sie sind ja ganz nass! Und kalt! Eiskalt! Gott, Sie erfrieren ja!«

Ben versuchte, den Wohnungsschlüssel ins Schloss zu stecken, rutschte aber wegen seiner zitternden Finger immer wieder ab.

Seine Nachbarin ergriff seinen Arm. »Kommen Sie, wir wärmen Sie erst mal ordentlich auf!«

»Geht schon.«

»Das sehe ich«, sagte die Nachbarin in gespielt vorwurfsvollem Ton und zog ihn bereits mit sich. Ben geriet ins Taumeln.

»Nein, bitte …«

»Was ist das bloß mit Ihnen und Ihren Freunden?«, schimpfte die Nachbarin. »Immer gleich so ablehnend.« Schon schubste sie ihn in ihre Wohnung. Tatsächlich fand Ben es angenehm warm.

»Sie haben's gerade noch zum Feuerwerk geschafft«, rief die Nachbarin ihm ins Ohr, um die Musik zu übertönen. »Aber erst mal ziehen Sie sich was anderes an. Ich geb Ihnen was von meinem Freund. Ist zwar 'n bisschen größer als Sie – aber das haut schon hin.« Sie winkte einen hünenhaften, muskulösen Mittzwanziger heran, der irritiert auf Ben hinunterschaute.

Abwesend wanderte Bens Blick durch die Menge der Partygäste. Ein Sektkorken knallte, jemand füllte aufgereihte Gläser mit Sekt. Die Gäste nahmen sich davon und strömten an Ben vorbei zur Balkontür.

Der Freund der Nachbarin kam aus einem Zimmer und drückte Ben einen riesigen Pullover und eine für ihn viel zu lange Jeans in die Hand. »Jetzt aber schnell«, sagte die Nachbarin ungeduldig zu Ben. »Sonst verpassen Sie noch alles.«

Dann eilte sie mit ihrem Freund zum Balkon, um sich ihren Gästen anzuschließen und die letzten Sekunden des Jahres anzuzählen.

»Zehn – neun – acht …«

Ben stand verloren mit den für ihn zu großen Kleidungsstücken im nun leeren Wohnzimmer. Er musste feststellen, dass sein Zittern nachgelassen hatte. Vielleicht konnte er sich unbemerkt aus der Wohnung stehlen. Seine Finger würden es jetzt bestimmt schaffen, seine Wohnungstür aufzuschließen.

Doch Ben blieb stehen.

Sein Blick erfasste Theresa, die in einem der Sessel saß. Bislang war Theresa von den vielen anderen Partygästen abgeschirmt geblieben.

»Du warst nicht zu Hause«, sagte Theresa, während der Jubel über den Beginn des neuen Jahres vom Balkon zu ihnen hinüberdrang.

»Ich war am Bahnhof«, erwiderte Ben. »Ich wollte …«

Theresa kämpfte sich aus dem Sessel hoch. Ben trat ihr entgegen, bot ihr eine Hand. Theresa nahm sie und zuckte aufgrund seiner Kälte zurück.

Ben hielt sich nervös an den geliehenen Kleidungsstücken fest.

»Warum … warum bist du hier?«, fragte er.

Sie schien es selbst kaum erklären zu können. »Ich war auf dem Weg nach Hause, als ich plötzlich so ein komisches Gefühl hatte.« Sie begegnete seinem Blick. »Als würde ich dich nie mehr wiedersehen.«

Ben hatte plötzlich auch ein komisches Gefühl. Waren das Tränen in seinen Augen?

»Und dann traf ich Lili und sie erzählte mir, dass noch ein letzter Zug fuhr. Also nahm ich ihn.«

Es war unmöglich. Sie konnte Lili nicht gesehen haben. Lili war hier gewesen, bei ihm, auf dem See.

Theresa wandte ihren Blick ab, schmunzelte dann. »Genau wie du«, sagte sie und deutete auf eine Postkarte, die neben aufgerissenem Geschenkpapier auf einer Anrichte lag. Die Postkarte zeigte einen gezeichneten Schneemann, der vor einem Kamin stand und seine Hände zum Aufwärmen dem Feuer entgegenstreckte, andererseits sorgenvoll beobachtete, dass er bereits dabei war, wegzuschmelzen.

»Ist halt ein Problem«, sagte Ben.

»Wird es eins bleiben?«, fragte Theresa.

Die ersten Feuerwerksraketen stiegen draußen in den Himmel. Ihr buntes Licht erhellte das Wohnzimmer und funkelte über Theresas und Bens Gesichtern.

Vorsichtig legte Ben seine Hand auf Theresas Wange, und diesmal zuckte Theresa nicht zurück, sondern legte ihre warme Hand auf seine.

Schließlich nahm sie ihm die zu großen Kleidungstücke ab und legte sie auf den Sessel.

»Komm«, sagte sie. »Wir finden etwas Passenderes.«

Das heiße Wasser der Dusche ließ sie beide aufatmen. Theresa war von der Reise ebenfalls durchgefroren gewesen. Eine Zeit lang hatten sie einfach nur dagestanden und sich aneinander festgehalten. Die Enge der Duschkabine sorgte dafür, dass zwischen ihnen kein Abstand möglich war. Aber Theresas Bauch störte sowieso nicht.

Während Theresa ihre Haare trocknete, verließ Ben das Badezimmer und zog sich etwas über.

Obwohl es bereits gegen zwei Uhr nachts war, konnte man im Haus immer noch lautes Gelächter und Musik hören. Aber das kam Ben nun eigentlich sehr entgegen.

Im Wohnzimmer räumte Ben all das weg, was sich in den letzten Jahren angesammelt hatte: Zeitschriften, Bücher, eine Vase ohne Blumen, eine kleine Lampe, die nicht mehr funktionierte – all das schaffte Ben weg, um wie ein Zauberkünstler mit einem Ruck die Decke von seinem Klavier wegzuziehen.

Der dazugehörige Hocker war beim Umzug zu Bruch gegangen, sodass Ben sich einen der Klappstühle aus der Küche holen musste. Er setzte sich und öffnete den Deckel des Klaviers.

Vorsichtig berührte er die Tasten, spürte ihre kühle, glatte Oberfläche und die Zwischenräume zwischen den weißen und schwarzen Tasten.

Er fing an zu spielen. Alte, vertraute Melodien. Klänge, die ihn mit Erinnerungen erfüllten, und nicht alle davon waren angenehm. Er dachte an Lili. Vielleicht würde sie ihm ja eines Tages wieder begegnen und dann seine Fragen beantworten. Anscheinend war im Leben alles möglich.

Ben spielte weiter. Er ließ seinen Fingern freien Lauf und entdeckte neue Melodien. Nach und nach kam es ihm unvorstellbar vor, vergessen zu haben, wie lebendig er sich damals gefühlt hatte, als er noch mit der Band seine eigenen Kompositionen spielte.

Aber eins wusste er genau: dass dieses Gefühl gerade zurückkehrte.

Danksagung

Ich möchte mich bei all denen bedanken, die geholfen haben, dass dieses Buch entstehen konnte:

bei Sabine Buß, die den Weg geebnet hat; bei Britta Hansen, die Ja gesagt hat; bei meiner Lektorin Kathrin Wolf, die mir mit einfühlsamen und klugen Anmerkungen immens weitergeholfen hat; und bei Stephen Colbert, dessen Weihnachtslied »There are much worse things to believe in« mich auf einer langen Zugfahrt am 1. Advent 2008 inspiriert hat.

Außerdem danke ich wie immer ganz besonders meinen Eltern und natürlich meiner Frau Barbara.